Hans A. Thiel · Der Fischer vom Capo Mele

Hans A. Thiel

Der Fischer vom Capo Mele

Eine italienische Geschichte

FOUQUÉ LITERATURVERLAG
Egelsbach • Frankfurt a.M. • München • Bremen

Die Deutsche Bibliothek - CIP-Einheitsaufnahme
Thiel, Hans A.: Der Fischer vom Capo Mele : eine italienische Geschichte / Hans A. Thiel. -
Egelsbach ; Frankfurt (Main) ; München ; Bremen : Fouqué, 1998
ISBN 3-8267-4208-7
NE: GT

Imprint der Verlagsgruppe Dr. Hänsel-Hohenhausen®
Egelsbach · Frankfurt a.M. · München · Bremen
Boschring 21-23 · D-63329 Egelsbach · Fax 06103-44944 · Tel. 06103-44940

ISBN 3-8267-4208-7
Erste Auflage
1998

Printed in Germany

Aus dem Inhalt:
Dies ist die spannende und faszinierende Geschichte von Paolo, dem Fischer. Einem außergewöhnlichen Mann, der mit unglaublich vielen Talenten ausgestattet ist. Eigentlich mit zu vielen für einen Fischer, der wie eine weitere Handvoll Männer an einem malerischen Küstenstreifen am Mittelmeer der althergebrachten Fischerei nachgeht. Im Boot und drumherum eine Fangausrüstung, die den Geräten ihrer Vorfahren seit Jahrhunderten gleicht. Paolo und auch die anderen sind stolz auf die herkömmliche Fischerei, die keinen Fischbestand dezimiert und keine Umweltschäden herbeiführt.
Am Strand einer von engen, alten Gassen durchzogenen Ortschaft liegen ihre bunten Fischerboote. Ein kleiner Außenbordmotor am Heck der Boote und einige Gegenstände aus Kunststoff sind die einzigen Spuren der heutigen Zeit.
Diese Männer leben fast spartanisch einfach, wie es bei dem geringen Fischfang nicht anders möglich ist. Sie nehmen ganz bewußt die finanziellen Nachteile der Kleinbootfischerei in Kauf. Führen im Gegensatz zu dem sonstigen italienischen Leben, das sich gern in Großzügigkeit und der Leichtigkeit des Seins versteht, ein sehr eigenes, bescheidenes und ernsthaftes Dasein. Und obwohl sie nur eine verschwindend geringe Minderheit darstellen, trägt ihre Anwesenheit nicht eben unbedeutend zur Imageaufwertung des Touristenortes bei.
Doch die Idylle am Anlegeplatz täuscht über einiges hinweg. Denn um den Fischer Paolo scheinen sich etliche Geheimnisse zu ranken, die aufzudecken ich mir unbedingt vorgenommen hatte.

Schon in sehr frühen Jahren sucht Paolo nach dem Sinn des Lebens und stellt sich die Frage nach dem höchsten Lebensglück. Obwohl er mittlerweile glaubt, die lang gesuchte Erfüllung gefunden zu haben, kann auch er sich dem großen Traum der Fischer am Capo Mele nicht entziehen.

Bis eines Tages für ihn ein Stück dieses Traumes Wirklichkeit zu werden scheint! Es sieht so aus, als sollte Paolo der ganz große Wurf gelingen.
Eine Geschichte aus Realität und Träumerei. Mit einer leidenschaftlichen Liebe zu einem jungen Mädchen. Von Sinnlichkeit und Hingabe.
Im Zwiespalt zwischen tiefem Empfinden und nüchterner Vernunft.
Eine Fischergeschichte, in der auch harte Entbehrungen einen Mann nicht abschrecken, unbedingt das eigene wahre Glück finden zu wollen.

Für alle diejenigen, die voller Ungeduld an den Ort der Handlung eilen möchten, um die Geschichte nachvollziehen zu können, ist aus Gründen der Spannungserhaltung die Ortschaft am Capo Mele namentlich *nicht* erwähnt.
Doch soviel sei verraten: Allein schon der Klang des Namens scheint Musik.

Anmerkung:

Die Geschichte ist im Grunde *nicht* frei erfunden. Doch manches darin entspringt der reinen Phantasie.

Am Ende des Buches sind die italienischen und ligurischen Ausdrücke im wesentlichen erklärt.

Inhaltsverzeichnis

Den Morgen des 31. August 1996 werde ich so schnell nicht vergessen. Diesen Morgen, von dem ich bis heute nicht weiß, ob er Genugtuung oder Ernüchterung, Triumph oder Wehmut, unbändiges Glücksgefühl oder Leid, Erfolg oder Mißerfolg darstellte. Ein Morgen zwischen Hell und Dunkel. Zwischen Hoffen und Bangen.

Und alles drehte sich um den Fischer Paolo. Paolo, Paolo und wieder Paolo. Und um Mario, seinen Freund.

Und ich irrte nichtsahnend in der Morgenzeit kreuz und quer durch den Ort an der ligurischen Küste. Hastete den budello und die schmalen, teils nach oben hin geschlossenen vicoli entlang. Schaute in alle Ecken. Und war ausgerechnet in dem Augenblick, als Paolo sehnsüchtig auf mich wartete, nicht bei ihm. Dieses eine so ausschlaggebende Mal nicht.

Den Nachtschlüssel des Hotels, in dem ich wohnte, vermißte ich seit dem Vorabend. Ich trug ihn stets gut verwahrt in der Hosentasche bei mir. Aber er steckte nicht dort. Die Angelegenheit war mir peinlich. So suchte ich sofort am folgenden Morgen alle Stellen im Ort auf, an denen ich mich am Vortag aufgehalten hatte. Aber sosehr ich auch stundenlang umherlief und sosehr alle fleißig mitsuchten, die ich fragte – der bagnino am Strand, die Geschäftsleute in den Läden, die cameriere Angelina und Monica im Hotel –, nirgendwo fand sich der Schlüssel. Lediglich zwischendurch gab es einige vage Anhaltspunkte durch gut gemeinte Ratschläge, die sich jedoch jedesmal sehr schnell zerschlugen. Auch die Angestellten im Büro für Fundsachen im Rathaus des Ortes und die carabinieri, die ich auf einer piazza traf, konnten nur bedauernd abwinken. Das Umherirren und jegliches Nachfragen waren umsonst.

Ich durchsuchte meine Hose, die ich am Vorabend trug, und alle Taschen meiner sonstigen Kleider mehrfach. Ich durchsuchte den Kleiderschrank und das ganze Zimmer. Der Schlüssel blieb verschwunden.

Und diese Sucherei nach dem Nachtschlüssel verhinderte, daß ich zur morgendlichen Zeit bei Paolo war. Ausgerechnet ich war jetzt nicht bei Paolo.

Im Nachhinein hätte ich mich selbst ohrfeigen können. Obwohl auch das nicht geholfen hätte. Ich hätte es jedenfalls gerne getan, wenn ich dadurch in dem entscheidenden Augenblick bei ihm gewesen wäre.

Eine ganze Stunde und mehr wartete er auf mich. Harrte voller Ungeduld am Strand aus. Flehte förmlich, daß ich herbeieilen sollte. Vergebens! Ich suchte und suchte den Schlüssel. Rannte umher und ahnte nicht, weshalb Paolo damals auf mich wartete. Die Ironie der Sache war, daß ich den Schlüssel einige Tage darauf wiederfand. Er hatte sich in der Metallschnalle eines Gürtels verfangen. So war er nicht in einer der Kleidertaschen versteckt und auch nicht in den Schrank gefallen. Bei den etwas diffusen Lichtverhältnissen im Zimmer war er an der Schnalle kaum zu erkennen. Er hing, Metall auf Metall, wie unschuldig dort und schien mich auszulachen. Ich fragte mich auch nicht lange, wie er dorthin gelangt sein konnte, und war im Augenblick nur froh, ihn wiederzuhaben.

Jedenfalls sollte mich dieser verflixte Schlüssel für einige Zeit aus meiner inneren Ruhe bringen. Durch ihn – oder besser gesagt, sein Fehlen – blieb mir versagt zu erleben, wovon die ganze Küste noch lange redete. Was man sich in den Bars der Fischer immer wieder erzählen wird. Und wobei die Augen abwechselnd vor Begeisterung leuchten und dann wieder von Traurigkeit zeugen. Ausgerechnet mir blieb es vorenthalten, Zeuge des ungewöhnlichen Ereignisses am Capo Mele zu sein. Im Nachhinein bin ich auch nicht sicher, ob Paolo mir meine Abwesenheit jemals verzeihen wird.

Doch ehe ich weitererzähle, scheint es mir notwendig, erst einmal einige Jahre zurückzublicken. Ich erinnere mich noch sehr genau, wie alles begann:

Als ich Paolo vor Jahren zum ersten Mal bewußt beobachtete, stand er nahe der Mole auf der Uferpromenade. Direkt an der niedrigen Mauer, die die Promenade von dem Strand trennt. Vor sich im Sand die Fischerboote. Die Netze auf den kleinen, zweirädrigen Handkarren. Und dahinter das Meer. Er stand in der Dunkelheit des späten Abends, die von den Lichtern auf der Mole und an der Uferpromenade an diesem Platz etwas erhellt wurde. Silbrig ergoß der schon hoch stehende Mond seinen Schein über alles hinweg. Eine blasse Helle verbreitend. Zart gekräuselt das Wasser. Es hatte dadurch im Schein des Mondes an einigen Stellen leicht glitzernde Abschnitte, in denen millionenfach fahlschimmernde Funken zu tanzen schienen. In den kleinen Wellen, die sich in Ufernähe bildeten und sich dann, nach nur kurzer Zeit, schnell am Strand brachen, war die Gischt klar zu erkennen. Ihr Weiß hob sich von dem Dunkel des Wassers ab. Das regelmäßige Schlagen des Wassers drang zu Paolo und auch zu mir herüber.

Ich hatte mir einen Platz an den Tischen vor der Bar Al Galeone ausgesucht, um Paolo gut sehen zu können. Zu diesem Zeitpunkt hatte ich keine Ahnung um die Bedeutung der Bar Al Galeone und der gegenüberliegenden Bar Al Molo. Sie waren für mich lediglich einladend wirkende Lokale, in denen und vor denen ich dann und wann gern meine Zeit verbrachte.

Sobald ich an jenem Abend Paolo an der Kaimauer stehen sah, setzte ich mich an die Ecke der Bar Al Galeone, die nahe am Meer an der Piazza Giuseppe Garibaldi liegt. Es war eine hervorragende Gelegenheit, den Mann zu beobachten, von dem ich gehört hatte, daß er ein außerordentlich guter Fischer sei. Er solle, so sagte mir mein Hotelwirt, über besonders gute Fangtechniken verfügen und zudem sehr gebildet und intelligent sein. Wenn das alles stimmte, konnte ich heute abend diesem bemerkenswerten Mann einmal in aller Ruhe aus nächster Nähe zusehen und mir meine Gedanken über ihn machen. Ich hatte Paolo bisher nur flüchtig unter den anderen Fischern wahrge-

nommen, wenn morgens die Fischerboote am Strand lagen, wo die Fische aus dem frischen Fang verkauft wurden.
Genauso, wie ich nicht um die Bedeutung der Bars an der Piazza wußte, konnte ich an diesem Abend auch nicht wissen, wie gut ich Paolo kennenlernen sollte und welch einschneidende Geschehnisse sich ereignen würden, wenn ich den Ort am Capo Mele einige Jahre später wieder besuchte. Jedenfalls war bei meinen ersten Aufenthalten von Anfang an durch die Aussagen meines Hotelwirtes Antonio mein Interesse an dem so hoch gelobten Fischer geweckt.
Nur etwa fünfzehn Meter saß ich von Paolo entfernt. Er war mit seiner schlanken, sportlichen Gestalt und mit seinen klar ausgeprägten Gesichtszügen einigermaßen deutlich im Mondschein zu erkennen. Der leichte Wind spielte in dem natürlich gewellten Haar und blähte den langen, blauen Nylonanorak zeitweilig etwas auf. Während ich an diesem fortgeschrittenen Frühsommerabend trotz meiner ziemlich warmen Kleidung ein wenig fröstelte, schien die abendliche Kühle Paolo nichts anzuhaben. Er trug eine kurze Hose, die ich vorher schon am Morgen, nach dem Fischfang, bei ihm gesehen hatte.
Wie alt mochte er sein, fragte ich mich? Mitte dreißig? Etwas mehr? Schwer zu schätzen bei der Dunkelheit.
Paolo stand unbeweglich, wie zu einer Säule erstarrt, und hielt den Blick geradeaus aufs Meer gerichtet. Nichts, aber auch gar nichts an seinem Körper bewegte sich außer den Haaren und der Kleidung im Wind. So stand er minutenlang still. Ich stellte mir damals vor, daß er sentimentalen Gedanken nachhing. Daß er vielleicht die Weite des Meeres auf sich wirken ließ. Doch das war völlig abwegig, wie ich später erfahren sollte. Es war so unzutreffend wie vieles, was ich damals über Paolo und die anderen Fischer dachte. Doch es sollte noch eine Weile dauern, um einiges besser zu verstehen. Und ich sollte das Glück haben, in entscheidenden Stunden in Paolos Nähe zu weilen. Oder auch das Pech, im wirklich bedeutsamen Moment nicht richtig dabei zu sein, wie sich noch zeigen sollte.

Eine wichtige Vorentscheidung

Jedesmal, wenn es mich aus zuerst unerklärlichen Gründen wieder an diesen Ort am Capo Mele gezogen hatte, wohnte ich bis auf das eine entscheidende Mal in dem Albergo La Brise. Es war das Hotel, in dem ich auch die ersten Worte über den Fischer Paolo durch den Hotelwirt Antonio erfahren hatte. Über Paolos Intelligenz und seine guten Fangtechniken.

Das La Brise klebt, länglich hingezogen, an einem der schroff abfallenden, grünen Berghügel, die an diesem bizarren Küstenstreifen fast ins Meer zu sinken scheinen, und stützt sich dabei auf einen Felsen am Hang. Unten, von ebener Erde, auf fast gleicher Höhe wie die Haupt- und Uferstraße, führt aus einer Nische der Via Conzessione eine steile, über mehr als hundert Stufen zählende Treppe zum Hotel empor. Doch viel interessanter trägt nur wenige Meter daneben, geschickt fast versteckt in einer Ecke angebracht, ein Aufzug die Gäste direkt an der hoch aufsteigenden Felswand nach oben auf die Hotelterrasse. Bequemlichkeitshalber benutzte ich die Treppe meist nur abwärts und ließ mich umgekehrt mit dem Aufzug hinauffahren.

Ein besonderes Augenmerk legte ich auf die Wahl meines Zimmers. Ich achtete peinlich genau darauf, daß ich vom Balkon aus die gesamte Bucht übersehen konnte. Die Höhenlage des Hotels kam mir dabei sehr entgegen und gab den Blick über den feinen Sandstrand frei. Zur linken Seite bis hin nach Arâsce. Nur kurz unterbrochen durch die kleine Hühnerinsel, auf der einst Wildhühner lebten. Ein kleines Eiland, einer Bergkuppe gleichend. Wie ins Meer hineingeworfen. Unweit der Küste vor der großen Stadt und noch näher bei Albenga. Und zur anderen Seite hatte ich ebenfalls einen guten Überblick über die

Ortschaft mit ihrem alten Zentrum bis zur Spitze vom Capo Mele.
Und direkt vor mir, weithin und ausladend, das Meer. Fast zum Greifen nahe. Die meiste Zeit sehr ruhig. Wie ein zahmer Gigant.
Der wichtigste Aspekt bei der Zimmerwahl aber war, daß ich am äußersten Ende in Richtung Andora den Strandabschnitt der Fischer sehen konnte. Die Anlegestelle von Paolo und den anderen aus dem Ort am Capo.
Die Fischerboote der professionisti lagen wie hingestreut am feinsandigen Strand. Sie waren in meinem Blickwinkel kurz seitlich hinter dem massiven runden Turm aus der Sarazenenzeit zu erkennen. Nicht weit entfernt vom fussau Croeju, dessen Wasser aus einer geheimnisvoll gehüteten Quelle stammt. Kleine, einfache Fischerboote. Nur mit dem Notwendigsten ausgerüstet. Direkt an der Mole, die ähnlich wie ein langer Arm, dessen Finger vorn gekrümmt sind, ins Meer ragt. Eingeengt, fast eingequetscht zwischen den anderen Booten der pensionari und der dilettanti vor der Mole und den Urlaubsgästen mit ihren Liegestühlen und Sonnenschirmen nicht weit unterhalb der Anlegestelle. Als letztes das blaue Boot von Paolo.
Und von meinem hoch liegenden Zimmer aus konnte ich die Fischerboote auch in den Stunden zwischen Nacht und Tag sehen, wenn sie draußen in der Bucht zum Fischfang lagen. Zwar nur schemenhaft, aber doch erkennbar. Ein winziges Licht einer Petroleumlampe blinkte dann und wann von ihnen herüber. Im fahlen Mondlicht nahmen sich die Boote wie kleine, dunkle, schaukelnde Objekte aus. Nur die Umrisse und das winzige Licht ließen ahnen, daß es die Fischerboote waren. Ich rätselte verschiedentlich, welches das von Paolo sein könnte. Aber für mich war es nicht zu erkennen. Mein Blick dafür war nicht genügend geschult. Die Dunkelheit behielt vor mir dieses Wissen für sich.
Mit dem Hotelwirt Antonio aus dem La Brise hatte ich meine Beobachtungen zeitweilig ausgetauscht. Er wirkte immer hoch

interessiert und wußte vom Fischereiwesen erstaunlich viele Einzelheiten. Erst wesentlich später habe ich erfahren, daß auch er Kontakt zu Paolo unterhielt.

Vorläufig und ohne dieses Wissen um einen solchen Kontakt machte ich mir noch keine allzu großen Gedanken darüber. Traute aber an einem sonnigen Samstagmorgen meinen Augen nicht recht, als ich niemanden anderen als meinen Hotelier aus dem La Brise an der Bootsanlegestelle traf. Kaum hatte ich die Fischerboote dabei beobachtet, wie sie in kurzen Abständen aus allen Richtungen der Bucht mit ihrem frischen Fang die Anlegestelle an der Mole ansteuerten und nacheinander anlegten, stand Antonio bei Paolo. Ihn hätte ich zu so früher Stunde hier nicht erwartet. Normalerweise hat er zu dieser Zeit alle Hände voll zu tun, damit seine Gäste den gewohnten Frühstückstisch vorfinden.

Antonio hatte eine Plastiktüte von Paolo entgegengenommen und erklärte mir, daß er regelmäßig Sardellen in eine Salzlauge einlegt und diese dann in der Küche seines albergo für verschiedenste Speisen verwendet. Unter anderem auch heute abend beim antipasto. Nicht diese Sardellen hier. Sondern andere, die bereits länger eingelegt sind. Genüßlich und vernehmbar blähte er seine Nasenflügel auf. Machte einige vielsagende Handbewegungen, grinste geheimnisvoll und lachte freudig halblaut vor sich hin. Noch ehe er fortging, legte er bittend den Zeigefinger auf die Lippen. Ich würde nichts verraten. Wußte ich doch um die interessant machende Geheimnistuerei im Hotel La Brise, wenn es um das Abendmenü ging. Keiner der Gäste erfuhr darüber exakte Einzelheiten. Die einzelnen Gerichte waren jeden Tag aufs Neue eine Überraschung, die jeweils mit Ungeduld erwartet wurde. Niemand vom Hotelpersonal war berechtigt, über die Speisefolge oder deren Zubereitung zu sprechen. Tat es jemand trotzdem, riskierte er durch den Hotelier streng zurechtgewiesen zu werden.

Ich war trotz meinem Wissen um die Sardellen auf diese Vorspeise gespannt wie ein kleines Kind, das voll froher Erwartung

der Weihnachtsbescherung harrt und sich dabei nur ganz vage vorstellen kann, was auf es zukommt.
Am Abend im Speisesaal, kurz vor dem Servieren des antipasto, verriet der Hotelier Antonio mir nebenbei, daß Paolo in Sampierdarena bei Genua Chemie studiert und dieses Studium erfolgreich und gut abgeschlossen habe. Das machte mich noch neugieriger auf den geschickten Fischer. Gab mir aber gleichzeitig zu denken.
Wie paßte das zusammen? Ein abgeschlossenes Chemiestudium, und jetzt Fischer mit einem kleinen Boot am Capo Mele. Die Sache um Paolo schien in der Tat stetig interessanter und mindestens so geheimnisvoll wie die Vorspeise zu werden. Es würde sich wahrscheinlich lohnen, Paolo im Auge zu behalten.
Die Vorspeise riß mich aus meinen Träumereien. Vor mir stand der Hotelchef Antonio und zelebrierte mir regelrecht den ersten Menügang auf den Teller. Und wieder lächelte er genauso geheimnisvoll wie am frühen Morgen am Strand bei den Fischern. Kleine Zucchini, kaum länger als sieben Zentimeter, waren gegart und ungeschält mit einer Sardellenpaste überstrichen, die wiederum mit ein wenig Parmesankäse bestreut war. Die Sardellen mit ihrem kräftigen salzigen Geschmack sind ein ausgezeichneter Kontrast zu den Mini-Zucchini, die in ihrer Art eher geschmacksneutral sind. Ich mag die Zucchini gerade deshalb, weil sie für sich alleine kaum serviert werden können und vom Koch immer wieder Phantasie verlangen, eine schmackhafte Zutat zu kreieren. Zudem schien mir das Ganze auch aus anderer Sicht eine gelungene Kombination zu sein: Zucchini aus den Gärten dieser Gegend und Sardellen von den Capo-Mele-Fischern. Ich wollte es mir merken und zu Hause nachkochen.
„Es ist erstaunlich, wie gut Paolo deutsch spricht", sagte ich am nächsten Morgen dem Hotelier Antonio, als er mir frische Brötchen und grissini auf den Tisch stellte.
„Paolo? – Oh ja. Das hat auch seinen guten Grund!"

Antonios Blicke wanderten weiter über die Tische der anderen Gäste und schon war er wieder verschwunden, um weiter zu servieren, ehe ich ihm dazu auch nur eine Frage stellen konnte.
Als er wenig später heißes Wasser auf den Tisch stellte – ich trinke den Kaffee nicht gern so stark, wie es hier üblich ist –, blieb er kurz am Tisch stehen.
„Paolo spricht neben seiner italienischen Muttersprache nicht nur Deutsch, sondern auch Englisch, Französisch, Spanisch und Russisch. Natürlich auch noch Ligurisch."
Das erschlug mich doch fast. Paolo spricht fünf klassische Fremdsprachen und dazu noch den hiesigen Dialekt. Antonios erhobener Zeigefinger zeigte, welche Bedeutung auch er dieser Tatsache beimaß. Antonio selbst spricht exzellent Deutsch. Das kommt daher, daß seine Mutter, mit der er gemeinsam die Geschäfte des Hotels führte, eine Deutsche ist und Antonio einige Zeit in Deutschland verbracht hatte. Aber auch Paolos Deutsch ist keineswegs schlecht. Teilweise sogar außerordentlich gut. Und welcher Fischer spricht schon so viele Sprachen wie Paolo. Englisch, ja. Das können viele hier. Die meisten haben es sich bei der Seefahrt angeeignet. Englisch ist allgemeine Seemannssprache. Aber da gab es ja dann noch drei weitere Sprachen. Die konnte Paolo kaum alle während seiner Schulzeit und seines Studiums erlernt haben. Ich kannte nur wenige Menschen, die so viele Sprachen sprechen. Paolo wurde immer mehr zu einem Rätsel.
Das einzig Augenfällige, in das sowohl sein Studium als auch die Fremdsprachenkenntnisse zumindest teilweise hineinzupassen schienen, war sein Verhalten. Was ich von Paolo bisher zu hören bekam, war meist nicht viel. Aber das, was ich bei meinen doch sehr lückenhaften Italienischkenntnissen verstand, hatte immer Hand und Fuß. Kurz und präzise seine Worte. Ohne überschwengliche Emotion. Sicher seine Antworten. Sicher sein Auftreten. Dahinter schien eine verborgene Autorität zu stecken, die er bewußt nicht auszuspielen schien.

Aber dies erklärte noch lange nicht alles. Es mußte etwas geben, was ich nicht kannte. Denn warum war er überhaupt Fischer und nicht Chemiker? Ohne weiteres war das nicht zu erklären. Paolo machte nicht den Eindruck eines beruflichen Versagers. Er strahlte Selbstsicherheit aus. Ein Versager hätte dies vermissen lassen. Jemand, der gescheitert war, würde bedrückt durchs Leben gehen. Doch davon war bei Paolo beileibe nichts zu erkennen. Es mußte also etwas anderes, etwas Außergewöhnliches dahinter stecken. Ein eingreifendes Erlebnis? Irgend ein Drama? Vielleicht eine Frau?

Ein einschneidendes oder dramatisches Ereignis würde vieles erklären. In einem anderen Licht erscheinen lassen.

Auch die feingesponnenen Intrigen einer Frau könnten durchaus des Rätsels Lösung bedeuten. Es wäre nicht das erste Mal, daß eine Frau das Leben eines Mannes auf den Kopf stellte.

Oder war es letztlich noch etwas anderes? Ein tieferer Sinn? Eine eigene Philosophie?

In der Nacht, in der mir Antonio von den Sprachkenntnissen Paolos erzählt hatte, lag ich lange wach. Die Ungereimtheiten um Paolo ließen mich nicht mehr los. Nach Stunden war ich endlich eingeschlafen. Doch Paolo verfolgte mich auch dann noch. Wirre und absurde Episoden wechselten sich in wilden Träumen zusammenhanglos ab. Dabei sah ich jedesmal Paolo, wie er einen fast aussichtslosen Kampf kämpfte.

Er kämpfte mit einer Lanze gegen mehrere andere Fischer gleichzeitig auf aufgewühlter See. Dann kämpfte er unter Wasser mit einem Riesenkraken, der ihn fest umschlungen hielt. Paolo wehrte sich verzweifelt gegen die ihn zu erdrücken drohenden Arme und rang nach Luft.

Und schließlich kämpfte er mit einer Übermacht von verwegen gekleideten Männern vor einer festlichen Tafel in einem Marmorpalast, an deren Längsseite in stummer Teilnahme elegante Damen mit tiefdekolletierten festlichen Damastkleidern und hochgesteckten Frisuren saßen.

Nicht ein einziges Mal konnte ich ihm zu Hilfe kommen. Ich war herausgelöst aus den einzelnen Szenen. Zum passiven Zuschauen verurteilt.
Als ihm dann nach langem Kampfgetümmel ein hünenhafter langmähniger Mann sein Schwert in die Brust bohren wollte und Paolo wehrlos am Boden lag, wachte ich schweißgebadet auf.
Dies war der Augenblick, in dem ich mich fest entschloß, die Rätsel um Paolo zu entschlüsseln. Es konnte nicht angehen, daß mich Paolos Ungereimtheiten bis in den Schlaf verfolgten. Die Nebelschwaden um seine Person herum sollen verschwinden. Ich *werde* den Dingen auf den Grund gehen. Ich werde alle Anstrengungen unternehmen, hinter die Geheimnisse zu gelangen, die Paolo zu umgeben scheinen. Ich werde nach dem Schlüssel suchen, der Licht in das Unbekannte bringt. So schwierig es auch vielleicht sein mochte und so wenig ich auch wußte, wo ich den Schlüssel suchen sollte. Aus allgemeinem Interesse war in diesem Augenblick feste, eiserne Entschlossenheit geworden. Unumstößlich, unabänderlich.

Ausharren hat auch schöne Seiten

Eines schien jedenfalls für meine künftigen Schritte förderlich zu sein: Ich hatte für mich erkannt, daß Paolo mir mit fortdauernder Zeit immer sympathischer wurde. Das würde mein weiteres Vorgehen bestimmt erleichtern. Auf der Welle der Sympathie ließ es sich besser agieren.
Mit ihm in ein ausführliches Gespräch zu kommen war nicht einfach. Es war überhaupt nicht leicht, mit irgend einem Fischer eine ausführliche Unterredung zu führen. Noch viel weniger mit Paolo. Ich mußte mich bisher mit kurzen Erklärungen zufriedengeben. So beschloß ich, zeitig morgens häufiger am Strand zu sein, wenn er und die anderen Fischer ihre Boote den leicht abschüssigen Sand hinunter ins Wasser schoben. Ich werde mehr in seiner Nähe sein. Ich werde ihn beobachten, wo immer mir dies möglich ist. Und ich werde sofort damit beginnen.

Ganz in der Früh, noch bei Dunkelheit, haben die langsam erwachenden Straßen auf dem Weg zum Strand ihre eigene Atmosphäre. Eine gebremste Stille, als legte die Dunkelheit ihnen einen Finger auf ihre Münder. Es ist die Zeit, in der noch zaghaft die ersten Anlieferungen für die Geschäfte und Hotels beginnen. Die Wege sind noch vom Unrat des Vortages gezeichnet. Hier und da fegt ein städtischer Arbeiter mit einem Metallbesen und wirft den Abfall auf einen der typischen schmalen Kleinlaster mit der Aufschrift der comune. In der Nacht zum Trocknen aufgehängte Tücher und Badekleider der Urlauber sind noch nicht eingeholt. Sie baumeln noch auf Leinen über den Balkonen. Bewegen sich lautlos im zarten Wind. Einige recht kleine, bunte Katzen sitzen in geborgenen Ecken und warten darauf, daß sie ihr Morgenfutter erhalten. Die Geräusche gelegentlich vorbeifahrender Autos oder Mofas

sind noch recht hart und gehen noch nicht im Tageslärm unter. Nur ganz selten taucht bereits jetzt ein bagnino am Strand auf, um den Sand für die in etwa drei Stunden später sich langsam einfindenden Touristen zu säubern. Bei jedem Tritt knirscht es in Ufernähe noch feucht unter den Füßen. Doch erfrischend, barfuß darüber zu laufen. Die Luft, noch ein wenig kühl, kriecht in die Kleidung hinein. Der gleichmäßige Klang der Wellen, an klassische Musik erinnernd, lenkt indes schnell von der Kühle ab. Über dem Meer, Richtung Horizont, noch Dunst. Morgendämmerung. Jedoch schon genügende Helle, um die Umgegend ziemlich klar zu erkennen. Die wenigen Möwen am Strand laufen ungehindert umher und picken das auf, was das Meer ihnen in der Nacht angespült hat. Kleine Möwen. Dunkle und helle. Oft als Pärchen. Kaum jemals schrille Laute von sich gebend. Immer wieder sporadisch im Konkurrenzkampf mit einigen Tauben. Die meisten der großen Möwen kreisen bereits über dem Meer und warten auf die Fischer und auf ein Stück Beute, das diese ihnen zuwerfen.
Ganz allmählich vermehren sich die Lebenszeichen in der kurzen Spanne des sich ankündigenden Sonnenaufgangs. Nur der Strand ist immer noch menschenleer. Platz und Zeit für ungestörte Gedanken. Frei noch der Blick auf die im Halbdunkel liegenden bunten Häuser des Ortes mit ihren rötlichen, braunen und braungelben Farbtönen. Überall umher leuchten vereinzelt noch Lichter, weil das allmählich aufkommende Taghell noch nicht an alle Stellen hinreicht. Lichter zur Arbeit. Lichter von mannigfachem Leben.
Das Olivengrün der Hügel am Colle Micheri, das gelegentlich nur durch gelblich graue Felsstücke unterbrochen wird, wirkt noch blaß. Die üppige Farbenpracht der Blumen und Sträucher, mit dem sich die steilen Hügel schmücken und in die jeder, der sich der Küste nähert, bei der Ankunft wie in ein Blütenbeet eintaucht, gibt sich in der Frühe eher noch gehemmt.
Bald wird sich die Sonne aus dem Dunst erheben. Erst glutrot. Sich dabei in dem Nebel, in dem sie zu Anfang noch steht,

widerspiegeln und Meer und Land in ein rot schimmerndes, heimelig wohliges Licht tauchen.
Dies ist der Augenblick, in dem sich alles im weiten Rund in einem farbig intensiven Bild wie auf einem Vorzeigeteller regelrecht präsentiert. Als hätten die Landschaft, die Häuser und all die Gegenstände drumherum einen neuen, dunkleren, warmen Anstrich erhalten.
Die Sonne, vom glühenden Rot zunehmend zum Gelb hin sich färbend. Eine Minute später bereits ein Feuerball, der die vorher angenehme, gedämpft tiefrote Farbe mit grellem, in die Augen beißenden Schein getauscht hat. Schnell ist sie völlig sichtbar hochgestiegen und verbreitet ebenso schnell ihre Wärme, die den Tag bald im Griff haben wird. Die Touristen, von denen die wenigsten dieses Schauspiel erleben, weil sie am Abend zu lange in den Bars gesessen haben oder einfach am Morgen zu müde sind, wissen meist nicht, was ihnen entgeht. Viele von ihnen kommen Jahr für Jahr an die Küste und haben dieses grandiose Schauspiel doch noch nie erlebt.
Doch derjenige, der sich die Zeit dafür genommen hat und für den dies nicht Alltag ist, bleibt ehrfürchtig stehen, sobald sich allmählich die ersten hellen Schimmer über dem Meeresdunst zeigen. Wartet, wie die Sonne hervorkommt. Schaut der großen, glühenden Scheibe zu. Jeden Tag ein wenig anders in der ersten Farbe. Jeden Tag majestätisch. Als wäre sie sich sicher, daß sie die Hauptdarstellerin dieses Augenblickes ist. Sie, die Lebensspenderin. Sie, die Energie auf uns überträgt. Immer wieder aus Neue.
Der alte, taubstummen Vito zieht seine Mütze und verneigt sich einige Mal vor der aufsteigenden Sonne, mit seiner linken Hand zu ihr hinzeigend. Vito, ein ehemaliger Fischer in hohem Alter. Immer mit einer Schirmmütze und einer kurzen Hose. Klein und schmächtig von Gestalt. Freundlich zu jedem.
Nach und nach kommen immer wieder andere pensionierte Fischer zur Mole. Langsam schlendernd ihr Gang. Nur scheinbar desinteressiert ihr Gesichtsausdruck. In Wirklichkeit

kommen sie niemals von den Fischen und der See los. Ihr ganzes Leben lang nicht. Die Fischer selbst kann man pensionieren. Ihr Herz nie. Es treibt sie geradezu wie besessen jeden frühen Morgen hierher, wenn die Boote vom Fang hereinkommen. Ohne Regung ihr Blick auf die im Boot liegenden Netze. Kaum Fische. Es ist wie immer. Wieso sollen es auch mehr Fische sein als sonst? Es ist doch stets das gleiche. Die pensionierten Fischer haben wohl mehr erwartet. Nein, nicht erwartet – sie haben mehr erhofft. So, wie sie jeden Tag auf ein wenig mehr hoffen. Aber eigentlich sollten sie es wissen. Mehr ist kaum möglich. Schließlich kennen sie die Gegebenheiten.
Im Laufe der Jahre kannte ich auch die pensionierten Fischer fast alle vom Sehen. Und das Hierhertreiben an die Mole, das hatten wir zumindest gemeinsam. Nur waren meine Interessen mehr und mehr anderer Natur.

* * *

Immerhin war die Mole Dreh- und Angelpunkt der Arbeit der Fischer. An diesem Ort konzentrierte sich ihr Leben. Diesen Platz durfte ich nicht aus den Augen lassen. Ich mußte ständig informiert sein, was sich unmittelbar an der Bootsanlegestelle abspielte. Hier war hauptsächlich zu erfahren, was Paolo tat, warum er es tat und was sich um ihn herum ereignete. Dieser Ort und das, was dort geschah, könnte so manchen Hinweis auf bisher Unbekanntes bieten. Zumindest war hier der Überblick auf alle Boote und auf alle Fischer gegeben.
Ich werde systematisch vorgehen müssen. Versuchen, vieles über Paolo in Erfahrung zu bringen und dies zu ordnen. Und dazu sein Umfeld im Auge zu behalten. Morgens, mittags, abends.
Und dieses direkte Umfeld an der Mole war nur noch eine Handvoll Männer, die ausschließlich von der Fischerei lebten. Ob und wie einer von ihnen etwas zur Klärung meiner Fragen

beitragen konnte, sollte ich herauszufinden wissen. Ich durfte keinen Schlüssel, der zur Klärung beitragen konnte, außer acht lassen. Der Hauptschlüssel könnte ja auch bei einem der anderen Fischer liegen.

Zum jetzigen anfänglichen Zeitpunkt waren die Chancen, daß jemand von ihnen etwas besonderes mit Paolo verband, bei Paolos Freund Mario am größten. Doch auch die anderen durfte ich nicht vernachlässigen. Ich sollte erst einmal das Wenige zusammentragen, was ich ganz allgemein von den Fischern wußte und was mir bisher aufgefallen war:

Zunächst einmal war da Paolo selbst, der intelligente Fischer, der den Erfolg, wenn auch nur den ganz kleinen, recht ehrgeizig sucht und sich viele Gedanken darüber macht, wie er ihn erreicht. Der sportlich wirkende Mann, der seine eigene Art der Fischerei für sich zu einer kleinen Wissenschaft macht. Der penibel seine Netze aussucht. Der stets weiß, wie er sich zu verhalten hat. Der Fischer, der sein Boot „Vega“ nach dem hellen Hauptstern aus dem Sternbild Lyra genannt hat.

Am anderen Ende der Bootsreihe, direkt neben der Mole fährt Mario mit einem in der Sonne glitzernden Bart Abend für Abend immer wieder als erster hinaus. Der ehemalige Seemann ist zweifellos der beste Freund von Paolo. Als Fischer hat er es offensichtlich darauf angelegt, vorne weg zu fahren, wann immer es geht. Wer als erster hinausfährt, hat die Wahl des Fischplatzes. Nicht, weil zufällig noch kein anderer da ist, sondern weil eine alte Regel dies vorschreibt. Der erste auf See hat das erste Recht. Und Mario hat dieses Recht gerne für sich. Sich aussuchen, wo er mit seinem Boot stehen kann. Aussuchen, wo womöglich die Fische sich zu einem Schwarm zusammengerottet haben. Seine Vorstellung, wo er Erfolg haben könnte, in die Tat umsetzen. Den Ort bestimmen und so einen Treffer in der Glückslotterie landen. Jedenfalls sein Schicksal selbst in die Hand nehmen können. Nichts dem Zufall überlassen. Die Arbeit sehr ernst nehmen. Akribisch genau, eifrig und beharrlich.

Daß er der beste Freund von Paolo war, stand außer Frage. So, wie sie häufig zusammensaßen; so, wie sie sich gegenseitig halfen, sprach eine klare Sprache. Aber dazu, daß diese Freundschaft so eng wurde, mußte es ja einmal gekommen sein. Vielleicht würde es mir weiterhelfen, wenn ich um die Entstehung der engen Freundschaft wüßte.

Dann Gianni mit dem halblangen weißgrauen Haar, das in unregelmäßigen Strähnen herunterhängt. Vor jeder Fahrt die langen Stiefel überziehend, die seine ganzen Beine bedecken. Der Fischer, der gerne sein Glück mit zusätzlichen mühseligen Nachtfahrten sucht, um occhiate zu fangen.

Da ist noch Piero, der große Schweiger. Mit dem hellgrauen Stoppelbart und der flachen, gestrickten Fischermütze, die eine rote Bommel in der Mitte trägt. Warum es nicht eine schwarze Bommel ist, wie für den Ort traditionell üblich, wird allein das Geheimnis von ihm und seiner Frau bleiben, die ihm die Mütze gestrickt hat. Seine Motorlizenz hat Piero zurückgegeben. Setzt nur noch die Arme als Motor ein und kommt meist als letzter rudernd an Land, wenn die anderen ihre Boote bereits zurechtgestellt haben. Redet kaum ein Wort. Im Gegensatz zu seiner Frau, die liebenswert zu plaudern versteht, wenn sie ihn an der Anlegestelle besucht und dabei dann und wann sogar ein Lied auf den Lippen hat.

Außerdem der etwas kräftig gewachsene Matteo. Manchmal bei Wellengang mit der Mole kämpfend. Dem das Herz vor Worten leicht überläuft und der gerne haarsträubende Geschichten erzählt.

Schließlich noch Gino, der Südländer, mit dem vollen Haar.

Lange Zeit blieben sie alle mir gegenüber meist stumm. Ein kurzes Nicken. Vielleicht gerade mal ein grazie, wenn ich mit anpackte. Spürbar die Reserviertheit. Klar zu erkennen, daß Leutseligkeit ihnen nicht unbedingt angeboren ist. Geprägt von der Härte des Berufs. Von Arbeit, Wind und Wetter. Geprägt von dem auf sich allein gestellt sein, draußen auf dem Meer.

Alleinsein macht nicht redselig. Geschwätzigkeit scheint ihnen ohnehin verpönt.
Ich erkannte, daß ich Geduld haben mußte, und hielt mich erst einmal mit meinen Fragen zurück. Kam aber immer wieder zur Anlegestelle. Reichte die Hölzer an. Zog mit am Tau die Boote ans Land.
Einer der Fischer, es war Matteo, schimpfte mit mir, als ich eines Morgens allein mit ihm den Kahn aus dem Wasser herauszog. Ich hatte das Boot zu ruckartig in eine Schräglage gebracht. Es kostete einige Mühe, es wieder in die Balance zu bringen. Der Fischer war mürrisch. Das hätte er allein besser gemacht. Seine Augen, seine Mimik, seine Gesten sprachen Bände.
Ich ließ mich nicht entmutigen. Schaute genauer hin. Machte es beim nächsten Mal besser. Kannte nach und nach die Griffstellen am Boot und die Anordnung der Legehölzer. Im Laufe der Zeit kennen mich alle vom häufigeren Sehen. Die Worte, die wir miteinander wechseln, werden zahlreicher.

Auch wenn ich mich mit allen Fischern des Ortes befaßte, so galt meine hauptsächliche Aufmerksamkeit doch zu jeder Zeit Paolo. Ich schaute ihm oft abends zu, wenn er das Boot ins Wasser schob und hinausfuhr, um seine Netze zu setzen. Achthundert Meter Netz. Manchmal mehr. Abend für Abend. Werktag wie Feiertag. Jeden Abend möglichst an die gleiche Stelle. Dicht ans Capo heran. Manchmal, bei hervorragenden Witterungsbedingungen, sogar um das Capo herum. Meinen Blicken entschwindend.
Und ich war morgens in der Dunkelheit zur Stelle, wenn er voller Erwartung auf seine Netze zufuhr.
Und immer wieder stellte ich mir die Frage, welches Rätsel sich nur hinter diesem studierten Mann verbergen möge. Hinter dem Sprachgenie und dem außerordentlich guten Fischer.

Die Zeit schien zu zerrinnen, ohne daß sich mir die Dinge öffneten. Dabei wußte ich noch nicht einmal auch nur in etwa, was mich bei den Dingen, wie ich das Unbekannte für mich nannte, erwarten könnte. Bisher nur Vermutungen. Nichts als Vermutungen. Wenn ich heute zurückblicke, so kamen mir damals leichte Zweifel, inwieweit mir mein Vorhaben gelingen könnte. Es war nicht verwunderlich, denn ich hatte das Empfinden, auf der Stelle zu treten. Ich konnte ja noch nicht ahnen, was sich mir auftun sollte und wie faszinierend es letztlich sein würde.

Die Neugier weckt den Eifer

Drei Jahre waren vergangen. Doch dann war ich wieder am Capo Mele. Und ganz ohne Zweifel war es Paolo, der mich geradezu – ohne es selbst wissen zu können – wie magisch an den Ort der ligurischen Küste zurückgezogen hatte. Die Faszination, die von seinem Handeln ausging; die Dinge, die ich über ihn erfahren hatte; die Fragen, die sich zu seiner Person aufdrängten: All dies war für mich Grund genug, wieder hierher zu kommen. Und es war Grund genug, mehr darüber zu erfahren. So wie ich es vor drei Jahren für mich beschlossen hatte, drängte es mich jetzt regelrecht, Paolo und sein Tun zu verstehen. Ich hatte es mir jedenfalls fest vorgenommen und vermutete hinter den vielen Rätseln manche faustdicke Überraschung. Es war Sommer, und die Frühjahrsblütenpracht hatte sich hier am Capo, dort wo die Riviera di Ponente in die Riviera dei Fiori übergeht, weitgehend in ein intensives Grün gewandelt. Nur die ganzjährig blühenden Stauden, etwa die verschiedenfarbigen Oleander, leuchteten nach wie vor an fast allen Ecken, und die Dattelpalmen zeigten stolz ihre üppig herunterhängenden Früchte. Ich spürte in meiner Nase wieder den unverwechselbaren Geruch aus einer Mischung von Meerestang und Knoblauch. Von Salzwasser und sonstigen aromatischen Küchendüften. Ich hörte auch wieder das vertraute Gescheppere, das aus den Küchen bis nach draußen klang. Ab und zu unterbrochen von dem Pfeifton einer Lokomotive. Dazwischen das Aufjaulen von Mofamotoren. Das Musikgeklimper aus den Cafébars. Das gelegentlich laute Jammern von Katzen. Das Kreischen einer großen Möwe, welches wie das Schreien eines kleinen Kindes klang. Es war Ende August und die Küste von italienischen Urlaubern, hauptsächlich aus dem nördlichen Ligurien sowie dem Piemonte und der Lombardei, bevölkert.

Wegen Umbauarbeiten an dem Hotel, in dem ich bisher immer wohnte, mußte ich mir eine andere Unterkunft suchen und fand sie auch in einem Hotel in der Ortsmitte. Das Hotel liegt zwar etwas eingekeilt in der Haupteinkaufsstraße. Aber die spritzige und temperamentvolle Art, wie die ständig Charme aussprühende blonde Mariella das Haus führte, entschädigte hierfür allemal.
Einstweilen hatte ich geplant, zwei Wochen am Capo zu bleiben. Zwei Wochen, in denen ich soviel Zeit wie irgend möglich in der Nähe von Paolo verbringen wollte. Und wie es sich zeigte, sollten es bedeutsame Stunden sein.

Kaum hatte ich meine notwendigsten Sachen in meinem Hotelzimmer ausgepackt und die wichtigsten Unterkunftsfragen mit Mariella geregelt, zog es mich hinunter an den Strand. Ich hatte mir zwar vorgenommen, in langsamen und kleinen Schritten vorzugehen, doch das Kribbeln in mir war an diesem Tag stärker. Ich mußte einfach einen ersten Blick auf die Anlegestelle der Fischer werfen. Beim ersten Hinschauen schien nichts verändert. Vor mir das vertraute Bild. Das Meer mit den leichten Wellen. Die hineinragende Mole, mit hochstehenden Lampen bestückt. Die Fischerboote und die Netze.
Paolo, bereits von weitem unschwer an seinem lockigen blonden Haar zu erkennen, hantierte eifrig an den Gegenständen seines Bootes. Emsig bemüht, das Boot zur Ausfahrt fertig zu bekommen. Konzentriert bei jedem Handgriff. Sein Blick schien einzig und allein dem Boot zu gelten. Doch das sich wiederholende zwischenzeitliche Aufschauen hinüber zum Wasser verriet, daß die Gedanken teilweise bereits um die Arbeit draußen in der Bucht kreisten.
Etwas weiter war sein Freund Mario gerade dabei, als erster hinauszufahren.
Matteo, Piero und Gianni standen an verschiedenen Stellen herum und richteten ihre Ausrüstung. Wahrscheinlich werden auch sie in Kürze ihr Boot zu Wasser bringen.

Alles schien zunächst wie immer zu sein. Wie vor drei Jahren. Doch beim genaueren Hinsehen vermißte ich den Fischer Gino. Von Paolo erfuhr ich, daß Gino krank geworden sei. Ziemlich schwer krank. Schon eine ganze Weile. Sein Boot „Demetrio“ stand leicht nach hinten versetzt und wartete darauf, daß er wieder gesund zu den anderen stoßen werde. Solange er nicht fischen kann, verdient er nichts. Er ist gezwungen, wieder gesund zu werden.
„Keine Arbeit – kein Geld“, hatte mir Paolo einmal gesagt. Er hatte dabei mit den Schultern gezuckt, als wollte er sagen: Das ist halt so. Ohne Hinausfahren keine Fische. Ohne Fische keine Lire. Ohne Lire kein Auskommen. Das ist das Risiko, das wir alle tragen. Das ist so bei den Fischern. Wen es trifft, der hat das Nachsehen.
So waren sie im Augenblick nur noch fünf. Fünf professionisti, die täglich hinausfuhren. Den Kampf um die Existenz aufnahmen. Hoffen mußten, gesund zu bleiben.
Es ist schwer zu verstehen, daß Paolo dieses Risiko auf sich nimmt. Er könnte bei seiner Ausbildung in einer guten Stellung in einem renommierten Betrieb seiner Arbeit nachgehen. Wäre abgesichert, falls ihm eine Krankheit zustößt. Aber es muß etwas geben, warum er hier ist und nicht in einem Chefbüro für chemotechnische Angelegenheiten oder einem Labor.
Ich wollte an meinem Ankunftstag höflich zu Paolo sein und fragte ihn, wie der morgendliche Fang war.
„Nichts Besonderes“ antwortete er mir.
Also wie immer, dachte ich. Wie so ziemlich jeden Tag. Fast immer gleich gering. Zwar waren es qualitativ meist gute Fische. Darauf legte Paolo Wert. Aber nach meinem Dafürhalten eben zu wenige. Es war erstaunlich, daß Paolo nicht davon sprach, daß die Mengen zu gering sind. Das war doch ein ganz entscheidender Punkt. Die Menge der gefangenen Fische war doch mit ausschlaggebend. Von der Anzahl hing doch sein Einkommen mitentscheidend ab. Warum gab er sich mit so wenigen Fischen zufrieden?

Und so unendlich faszinierend, daß er mit einer geringen Menge zufrieden sein konnte, schien mir seine tägliche Arbeit auch nicht. Wenn ich Paolo in den vergangenen Jahren zugeschaut hatte, drängte sich mir immer häufiger der Eindruck auf, daß das Fischen selbst ziemlich eintönig war und in gleicher Art ablief: Hinausfahren. Netze setzen. Am nächsten Morgen wieder einziehen. Geduldig auf Käufer warten. Abwiegen der Fische auf der in der Hand hängenden und auspendelnden Fischwaage. Einpacken in die Plastiktüte. Kassieren der Geldscheine. Eintippen in die Registriermaschine. Warten auf den nächsten spärlichen Fang. Tag für Tag. Woche für Woche.
Gut, es gibt unterschiedliche Wetter- und Windverhältnisse. Auch die unterschiedlichen Jahreszeiten. Aber im allgemeinen sah ich kaum eine Abwechslung. Vorsichtig schnitt ich deshalb am ersten Tag meines Wiederhierseins bei Paolo die nach meinem Dafürhalten eintönig ablaufende Arbeitsweise an.
Mit der Heftigkeit, mit der Paolo reagierte, hatte ich nicht gerechnet. Ich hatte allem Anschein nach bereits am ersten Tag in ein Wespennest gestochen. Er widersprach mir unwahrscheinlich energisch.
„Jeder Tag in der Fischerei ist etwas Neues! Jedes Fischen ist anders. Jeder Fisch braucht eine andere Technik. Wir brauchen unterschiedliche Netze. Höchstens die Reparatur der Netze kann mal langweilig sein. Aber nicht die Fischerei! – Und *überhaupt*: Du weißt am Morgen nie, was aus dem Wasser kommt!"
Da war etwas in Paolo, das ich nicht fassen konnte. Es war, als ob er eine leidenschaftliche Erklärung abgeben wollte. Er schleuderte mir die Worte geradezu entgegen. Ich hatte den ansonsten so souveränen Fischer ungewollt aus der Reserve gelockt. Der Mann, den nichts zu erschüttern schien, grollte offenbar über soviel Unverständnis.
Jeder Tag in der Fischerei ist etwas Neues. – Natürlich wußte er nie, ob er überhaupt etwas fangen würde. Daß verschiedene Fischsorten verschiedene Fangtechniken abverlangen, verstand ich auch. Aber daß er sich scheinbar mit ein paar Fischen am

Tag zufrieden gab, das war etwas, womit ich mich schwertat. In diesem Augenblick dachte ich, daß ich noch sehr viel weiter beobachten und nachdenken müßte. Daß mir vieles noch im Detail ungenügend vertraut war. Daß ich noch lernen müßte, um zu verstehen. Ich konnte ja zu diesem Zeitpunkt nicht wissen, wie die Ereignisse mir schon sehr bald außerordentlich entgegenkämen.

Fürs erste mußte ich mich mit seiner leidenschaftlichen Rechtfertigung abgeben. Mußte an diesem Abend einstweilen zuschauen, wie Paolo sein Boot vorne ins Wasser brachte. Die ersten kleinen Wellen überwand. Den Motor anwarf und er und sein Boot in meinem Blickfeld immer kleiner wurden, bis ich ihn bald nicht mehr sehen konnte. – Jeder Tag in der Fischerei ist etwas Neues! Du weißt morgens nie, was aus dem Wasser kommt!

* * *

Aber ehe ich mich intensiv mit Paolo und den ungelösten Rätseln beschäftigte, hielt ich mir den folgenden Tag erst einmal für einen Marktbummel und anschließenden Altstadtbesuch im nahen Albenga frei. Da war nämlich noch etwas in meinem Hinterkopf. Eine alte Geschichte, die ich, so wie sie war, nicht ohne letzte Gewißheit stehen lassen wollte.

Vor drei Jahren hatte ich ein Ölgemälde von mittelgroßem Format in einer kleinen Galleria in der Altstadt von Albenga gesehen. Sicher kein berühmtes Meisterwerk. Nichts übermäßig Teueres. Halt nur ein Ölgemälde. Und beim genaueren Hinsehen noch nicht einmal unbedingt fehlerfrei in der Pinselführung.

Doch die Vierergruppe, die auf dem Bild an einem Tisch mit aufwendig gearbeiteter und gehäkelter Tischdecke vor einem Fenster saß, hatte es mir angetan. Drei Frauen, vermutlich die Großmutter, die Mutter und die erwachsene Tochter, saßen am

einen Kopfende. Die beiden letzteren mit großen Sticktüchern auf dem Schoß. Am anderen Ende des Tisches, etwas abgesetzt, ein Mann mit einer langen Pfeife. Nach der Distanz zu den Frauen zu schließen war er vermutlich ein Besucher. Die jüngere Frau, mit dem Rücken zum Betrachter, reichte ihm ein kleines Glas. Man ahnte, daß sie dies mit einem zarten Lächeln tat. Das gegenseitiges Werben zwischen dem jungen Mann und der jungen Frau war unschwer zu erkennen.
So hatte ich das Gemälde vor drei Jahren gesehen und noch immer plastisch vor Augen. Ja, die Erinnerung daran war so stark, daß es mir im Nachhinein leid tat, das Bild nicht gekauft zu haben. Und gekauft hatte ich es nicht, weil die schon etwas ältere Inhaberin der Galleria nach meinem Dafürhalten nicht ausreichend mit sich handeln ließ. Ich war damals zweimal in dem Geschäft. Das zweite Mal in Begleitung eines Freundes aus Dortmund. Aber die Reduzierung um ein paar wenige Lire war mir einfach zu gering. Das ging über mein Verständnis hinaus. Eine italienische Galleria, und nicht einmal ein vernünftiger Handel! Das war kein ansprechender Kauf. Das entsprach nicht den landesüblichen Gepflogenheiten.
Ich konnte ja nicht ahnen, daß sich das Bild im Laufe der drei Jahre in meiner Erinnerung festsetzte. Vielmehr noch, ich mußte bei jedem Gedanken an die ligurische Küste unweigerlich daran denken. Es war eindeutig die Beziehung der vier Menschen untereinander, die mich derart ansprach. Ihr Verhalten zueinander, wie sie dort saßen und miteinander kommunizierten. Diese Aussagekraft des Bildes hatte mich bis heute nicht losgelassen. Ich hätte die Tischszene jederzeit ziemlich genau nachzeichnen können, hätte mich jemand zu Hause darum gebeten.
Natürlich konnte ich nicht damit rechnen, daß das Bild noch da sei. Es gab bestimmt genug andere Leute, denen es auch gefallen hat. Aber eine ganz leise Hoffnung regte sich noch in mir. Ein winziges Hoffnungsfünkchen, das Unwahrscheinliche trotz

allem, was dagegen sprach, zu meinen Gunsten doch noch Realität werden zu lassen.
Die kleine Galleria liegt nicht sehr zentral. Also sagte ich mir, mit einem guten Maß an Glück das Bild vielleicht doch noch erwerben zu können. Glück mußte es schon sein. Großes Glück sogar. Zumindest mußte Klarheit darüber her, ob es das Bild in der Galleria noch gab oder nicht. Ich hätte mir womöglich im nachhinein immer wieder Vorwürfe gemacht, hätte ich mir diese Klarheit nicht verschafft.
Das Ölgemälde immer im Hinterkopf, konnte ich dann auch am Folgetag den vielen Ständen des mercato, über den ich zuerst schlenderte, nur wenig Aufmerksamkeit widmen. Kein Wunder also, daß nichts vorhanden zu sein schien, was mein Gefallen gefunden hätte, sosehr sich die Händler auch anstrengen mochten.
So lenkte ich meine Schritte schon bald Richtung Altstadt. Der Weg dorthin war nicht sehr weit. Ich mußte mich allerdings bei den vielen, fast gleich aussehenden Gassen erst wieder neu orientieren. Dann hatte ich die Galleria gefunden. Die Eingangstür war zu meiner Enttäuschung noch geschlossen, obwohl sie eigentlich zu dieser Tageszeit geöffnet haben sollte, wie mir vor drei Jahren die Inhaberin versicherte.
„Italienisch" murmelte ich vor mich hin. Aber eigentlich brauchte ich mich darüber nicht zu wundern. Diese Art war mir längst schon vertraut. Noch lange nicht jedes Geschäft wird pünktlich geöffnet. Warum soll man sich von der Zeit drängen lassen? Es war halt die Ungeduld, die mich so reagieren ließ.
Durch die Scheibe der Eingangstür sah ich einige Bilder an der linken Wand. Sie hingen genau dort, wo damals mein mich nicht mehr loslassendes Gemälde gehangen hatte. Ich konnte keines der Bilder klar erkennen. Aber eines in halber Höhe der Wand, das genau wie die anderen nur schemenhaft zu erblicken war, schien mir ähnlich auszusehen. Ich glaubte, eine kleinere Menschengruppe darauf wahrnehmen zu können. Das wäre wohl ein kleines Wunder. Zumindest unwahrscheinliches Glück.

Drei Jahre vergangen – und das Bild noch immer in der Galleria?
Wenn das stimmen sollte, wäre es vielleicht der Beweis dafür, daß es tatsächlich kein gutes Bild war. Oder es war eventuell für die gezeigte Malkunst zu teuer.
Doch eigentlich war mir das gleich. Schließlich hatte mir das Bild bei meinem Besuch vor drei Jahren auf Anhieb gefallen. Und nicht zu vergessen, daß es sich bei mir im Kopf wie ein Traumbild festgesetzt hatte. Sollte es jetzt noch immer dort hängen? Vorausgesetzt, es gefiele mir auch heute noch, so würde, nein, so mußte ich es kaufen! Ein Hindernis könnte dann lediglich der Preis sein, wäre der zwischenzeitlich in astronomische Höhen geklettert.
Ich befragte einige Geschäftsinhaber in unmittelbarer Nachbarschaft der Galleria. Zu guter Letzt versicherte mir eine außerordentlich freundliche, schwarzhaarige junge Dame, daß die Inhaberin der Galleria garantiert in zwei Stunden anwesend sei. Zu dieser Zeit hätte sie ihr Geschäft täglich geöffnet.
Solange konnte ich nicht mehr warten. Ich war zum Mittagessen verabredet und wollte diese Verabredung auch pünktlich einhalten. Ich überlegte: In einer Woche käme ich auf alle Fälle wieder wegen des Marktes hierher. Bis dahin mußte ich meine Neugier zügeln.

* * *

Und schnell, wie sich manchmal die Ereignisse ablösen, waren die Gedanken an das Ölgemälde bereits am nächsten Tag für kurze Zeit verdrängt. Ich hatte es zuwege gebracht, für den Nachmittag eine Verabredung mit Mario zu haben. Mit Paolos bestem Freund wollte ich über die Fischerei sprechen. Er kannte dieses Handwerk durch und durch. An der Anlegestelle hatte ich am frühen Morgen gesehen, daß die Fangergebnisse, gemessen an dem üblich wenigen, diesmal besonders mager waren.

Das würde ich mit Mario besprechen können. Jetzt freute ich mich auf die Unterhaltung mit ihm.
Ich traf ihn in der Bar Conchiglia, nicht weit entfernt von der Mole. Von der Piazza del Bastione eine kurze Seitenstraße hoch. Unter einem Torbogen hindurch. Ziemlich am Beginn der Einkaufsstraße. In der Bar, die seit eh und je ein Treffpunkt der Fischer ist. Ein nicht allzu großes Haus. Über der Eingangstür eine große Muschel. Das Innere einfach und schlicht ausgestattet. Schmal und in die Tiefe gehend.
Eine Viertelstunde vor der verabredeten Zeit war ich dort und nahm vorne auf einem der kleinen Stühle an einem der ebenfalls kleinen und ansonsten quadratischen Tische gegenüber der Theke Platz. Bestellte mir bei der Wirtin Barbara einen Espresso und wartete auf Mario.
Barbara füllte den Platz zwischen der Kaffeemaschine und dem Tresen mit ihrer molligen Figur voll aus. Vielleicht, so sagte ich mir, ist es molligen Frauen besonders gegeben lieb zu sein. Denn ich hatte bei all meinen Besuchen in dem Lokal bei ihr immer das Gefühl, daß sie Freundliches mit ihrem sonnigen Lächeln mehr als zurückzugeben versteht. Gerade gestern hatte mir jemand gesagt, daß sie noch vor wenigen Jahren ein schlankes, bildhübsches Mädchen war. Bei näherem Hinsehen ist es noch gut zu erahnen.
Im Hintergrund des Lokals spielte ein junger Mann mit einem Halbbart ganz in sich versunken auf einer Gitarre. Melancholisch seine Musik. Nachdenklich sein Gesichtsausdruck. Mit den Fingern wie automatisch die Seiten des nicht mehr neuen Instrumentes zupfend. Halb geschlossen seine Augen. Es lag eine nicht zu verkennende Sehnsucht in den leise vorgetragenen Weisen. Vielleicht vermißte er sein Mädel. Ich vermutete, daß es sich bei ihm um einen Studenten handelte, der die Küste entlang bummelte.
Mario war pünktlich. Absolut pünktlich. Nicht wie die Öffnungszeit in der Galleria, dachte ich für mich. Doch da mußte ich wohl einen Unterschied machen. Für unser Treffen hier gab

es eine klare Verabredung. Die hatte ich in der Galleria nicht. Also war die Geschäftsinhaberin in der Altstadt von Albenga mir nichts schuldig.
Mario nahm auch einen Espresso, und ich sagte ihm, er sei pünktlich wie ein Deutscher.
„Ja, die Deutschen." In seinem Gesicht spiegelte sich eine erhebliche Hochachtung. Sie schmeichelte mir beträchtlich. „Auf die kann man sich verlassen. Auf die konnte man sich schon immer verlassen. Aber auf die Ligurer auch!"
Der eigene Stolz ließ seine Stimme anschwellen.
„Wenn ein richtiger Ligurer etwas sagt, dann ist das so, wie er es sagt. Ein Wort ist ein Wort! Wenn du etwas mit ihm vereinbarst, kannst du dich auf das Wort verlassen. Das ist wie ein schriftlicher Vertrag!"
Ich blickte ein wenig skeptisch, denn ich hatte zuweilen auch gegenteilige Erfahrungen gemacht. Doch ich wollte seine Euphorie nicht beeinflussen und legte meine eigenen Gedanken darüber beiseite.
„Du hast von richtigen Ligurern gesprochen. Gibt es denn auch andere?"
Mario schaute mich ziemlich vorwurfsvoll an. Es war ihm offenbar nicht ganz recht, daß ich so genau nachfragte. Er schüttelte ein wenig unwirsch den Kopf, als wollte er sagen: Du kannst deinen Verstand auch ein wenig anstrengen. Dann weißt du, was ich meine, und brauchst nicht solche unbequemen Fragen zu stellen. Doch er wollte mich anscheinend nicht ganz ohne Antwort lassen.
„Es gibt immer mehr Fremde hier. Keine gebürtigen Ligurer. Sie sind anders. Eben anders. – Reden wir vom Fischfang. Das wolltest du doch. Nicht wahr?"
„Ja. Das wollte ich."
Geschickt hatte Mario abgelenkt.
„Früher brauchte man nur halb so viel Netze. Heute haben wir das Doppelte an Netzen und doch nur ein Bruchteil an

Fischen", verriet mir Mario, der ehemalige Seemann. Er nippte kurz an seinem Kaffee und fuhr fort.
„Das heißt auch, das Doppelte an Arbeit. Nur mit den Netzen ist es heutzutage leichter. Wir hatten früher Baumwollnetze, die waren immens schwer. Und sie mußten in Süßwasser gewaschen werden, sobald sie an Land und geleert waren. Da haben alle mitgeholfen. Die ganze Familie. Besonders die Frauen. Auch beim Flicken."
Ich saß Mario direkt gegenüber. Betrachtete ihn mir genauer. Sein Gesicht war von der Sonne und dem Wind gegerbt. Der Bart schon etwas ergraut. Als ich an seine Zeit als Seemann dachte, wurde mir auch klar, daß sein Bart ein echter Seemannsbart ist. Ich konnte ihn mir gut auf einem Schiff vorstellen. Mario als Seebär. Deshalb fragte ich ihn auch, warum er nicht bei der Seefahrt geblieben sei.
„Warum?" Er lächelte wehmütig. „Ich war in Genova. Dort, wo die großen Schiffe fuhren. Viele große Schiffe! Die Zeit ist vorbei. Es gibt dort kaum noch große Schiffe. Alles hat sich geändert. Ich habe in den Jahren einiges gemacht. Hier im Ort. Ich war selbständig. Dann war ich mal fisherman und mal Seemann. Lange Zeit Seemann. Ich bin auf den Schiffen fast alle Meere gefahren. Viel nach Indonesien. Eigentlich überall hin in der Welt. Aber das ist vorbei. Es hat sich alles geändert."
Das Wort Fischer sprach Mario immer englisch, fisherman, aus, Vermutlich auch dies aus seiner Zeit als Seemann.
Er zuckte mit den Achseln. „Ja, alles hat sich geändert. Ich mache jetzt das hier. Ich bin jetzt fisherman, und das ist gut so."
Die letzten Worte kamen nachdrücklich, klar und präzise. Er nahm den letzten Schluck aus der zierlichen Tasse, schaute mich an und stand auf.
„Laß uns zum Boot gehen."
Ich zahlte schnell die beiden Kaffee und folgte Mario hinab zu seinem Boot am Strand. Zu dem ersten Boot, direkt neben der Mole, das den Namen „Carlo" trägt.

Ich bin jetzt fisherman und das ist gut so. Es war für mich nicht einfach zu verstehen, warum das gut sein sollte. Einem Fischer blieben doch nur einige hundert Mark im Monat zum Leben. Die wenigen Fische, die er morgens mitbrachte. Die paar kleinen dorade oder saraghi, die ihm ins Netz gingen. Mal ganz selten einen etwas größeren. Einen wirklich großen Fisch so gut wie nie. Von dem geringen Fang konnte doch eigentlich niemand mit seiner Familie einigermaßen sorglos leben. Was sollte daran gut sein? Wie sollte das heute gehen? In früheren Zeiten eventuell. Aber heute?

Als hätte er meine Gedanken erraten, fügte Mario hinzu.

„Früher" sagte er. „Früher, nach dem Zweiten Weltkrieg, war hier im Ort jeder zweite Mann ein fisherman, und wir haben gut gelebt. Es gab drei große Fabriken, in denen die Fische in Konservendosen verpackt wurden. Das Haus bei Al Molo war eine davon. Viele Männer und Frauen haben dort Arbeit gefunden. Sie standen in Reih' und Glied. Die Dosen gingen überall hin. Der Ort war ein großes Fischerzentrum. Die fishermen haben auch das Hinterland hinter den Häusern, die Hügel hoch, bearbeitet. Früchte und Gemüse hatten sie dort in Fülle geerntet. Sie haben das alles zusätzlich zu ihrer Fischerei gemacht. Auch wenn es meistens Arbeit in steilen Lagen war. Sie verdienten alle nicht schlecht. Sie hatten Fische, Obst und Gemüse. Und es ging ihnen allen gut."

Er drehte sich von mir weg. Wollte nicht, daß ich sah, wie gerührt er war, wenn er von den alten Zeiten sprach, und brauchte eine Weile, bis er sich wieder zu mir wandte.

„Schau", sagte er. „Die Boote standen weithin zu beiden Seiten der Mole. Die Mole war zwar nur halb so groß wie jetzt. Aber die Boote standen, soweit du schauen kannst. Du mußt dir vorstellen, daß es keine Abgrenzungsmauern gab. Keine Strandpromenade wie heute. Das Wasser konnte ungehindert durch bis auf die Plätze. Dorthin auf die Plätze wurden die Boote durch das Wasser geschleppt. Dort standen sie ruhig. Aber auch sonst standen überall welche. Immer in einem Verband von dreien.

Ein großes und zwei kleine Boote. In solch einem Verband arbeiteten zwölf Mann. Der ganze Strand war in Bewegung. Die kleinen Boote waren mit batteriebetriebenen Lichtern ausgestattet, in deren Schein sich damals die Fische tummelten. Wirklich tummelten, sage ich dir. Am Capo Mele gab es sagenhaft viele Fische. So viele, du glaubst es kaum. Es war für alle genug da. Für jede Familie im Ort."
Er hantierte am Netz, und ich wußte nicht, ob das die Macht der Gewohnheit oder Verlegenheit war.
„Eine gute Zeit! Eine gute Zeit war das!"
Noch einmal wandte er kurz den Kopf.
„Heute ..." Sofort wurde sein Gesichtsausdruck anders. „Heute geht selbst ein junger fisherman nur noch für die Pension arbeiten. Mehr ist nicht mehr. Viel mehr hat er nicht. Die Fische sind fort."
Er machte eine ausholende Handbewegung über das Wasser, als wären sie dorthin in alle Himmelsrichtungen geflüchtet.
„Wenn du heute mal einen guten Fisch hast, dann mußt du ihn verstecken. Regelrecht verstecken. Die guten Fische sind so rar, daß ansonsten am nächsten Tag die Fischer der ganzen Küste kommen und auch solch einen Fisch fangen wollen. So ist das heute. Aber früher. Fische und Fische überall. Besonders am Capo Mele. Du kannst es dir heute kaum noch vorstellen. Du kannst es dir wirklich kaum noch vorstellen."
Mario arbeitete weiter vor sich hin, und es war ihm bald nichts mehr von der nostalgischen Schwärmerei anzumerken. – Ich bin jetzt fisherman, und das ist gut so. –

Mit dem Ergebnis meiner Unterredung mit Mario konnte ich einstweilen zufrieden sein. Ich hatte mir von vornherein nicht vorgestellt, spezielle Dinge zu erfahren, und hatte Mario auch nur darum gebeten, mir einiges Allgemeines über die Fischerei zu erzählen. Das hatte er getan, und ich war besonders froh, daß er sich mir gegenüber als aufgeschlossen erwiesen hatte. Er hätte sich genausogut in Stillschweigen hüllen und ich hätte es ihm noch nicht einmal verübeln können. So aber könnte ich später, wenn es notwendig würde, auf die Aufgeschlossenheit und Freundlichkeit von Paolos bestem Freund bauen.

Es hatte sich gut angelassen. Mehr als gut. Dieser erste kleine Erfolg schien genau das, was ich für den Anfang gebraucht hatte. Ein kleines Erfolgsbonbon. Er stachelte den Eifer in mir weiter an. Trieb mich zu kühnen Erwartungen. Ja, ich schien vom Eifer gepackt. Ich glaubte zu dieser Zeit, daß ich lediglich in der von mir gerade eingeschlagenen Weise fortzufahren brauchte. Daß ich nach und nach versuchen sollte, mit jedem, der mir Interessantes zu wissen schien, eine geeignete Unterhaltung zu führen. Irgendwann würde sich alles aufklären und letztendlich zum Erfolg führen, und es würde auch in mein Konzept des systematischen Vorgehens passen.
So kam ich beim Nachsinnen als nächstes auf den alten Vito. Er ist viel mit Mario zusammen und ist ein pensionierter Fischer. Vito dürfte alles und jeden hier gut kennen.
Die Idee war sicher nicht schlecht. Doch über eines mußte ich mir im klaren sein: Einfach würde das nicht. Speziell nicht bei Vito. Denn Vito ist stumm. Aber sein Wissensschatz dürfte für mich von großem Nutzen sein. Allein das müßte einen Versuch wert sein. Und bisher hatte er sich mir gegenüber mit seiner selbst erlernten Zeichensprache recht gut verständlich gemacht. Ich hatte eigentlich jedesmal, wenn er mir etwas zeigte, geglaubt, er rede tatsächlich mit mir. So ziemlich alles, was er zeigt, verstehe ich, und er scheint mich ebenfalls einigermaßen gut zu verstehen. Es blieb nur zu hoffen, daß er mir einige Fragen zu Paolo beantworten könnte. Dies wären dann die ersten Informationen direkt von der Anlegestelle der Fischer über Paolo.

Es hatte in der Nacht ein wenig geregnet, und der Sand knirschte am Morgen bei jedem Schritt unter den nackten Fußsohlen. Eine kühle Brise wehte vom Meer herüber, wo sich Wolken häuften und die Sonne versteckte. Die Anlegestelle der

Boote war fast leer. Die Fischer draußen. Es herrschte noch Ruhe. Auch die wenigen Angler, die sonst frühmorgens an der Mole saßen, waren nicht da. Der Wind machte das Angeln mit der Rute unmöglich.
Geduldig wartete ich bereits frühmorgens vor der Bar Al Molo, weil ich wußte, daß Vito dort an der Theke mit einer Tasse Espresso und einem Glas Milch seinen Tag begann. Es war fast wie ein Ritual. Niemals würde er es auslassen.
Noch halb in Gedanken versunken, vernahm ich neben mir ein hölzernes Geräusch. Es war tatsächlich kein anderer als der alte taubstumme Vito, der mit der Hand einige Mal hart auf die Lehne eines Stuhles schlug und sich auf diese Weise bemerkbar machte. Als hätte er gewußt, daß ich auf ihn wartete.
Ohne daß ich ihn aufgefordert hatte, zeigte er mir an, wie die Wolken heute ziehen: Sie kommen vom Meer auf die Berge zu. Er sagte: Sie werden gegen 11 Uhr zurückkommen, und es wird etwas Regen geben. Nicht viel. Aber doch so, daß alles rundherum naß wird.
Ja, er sagt es! Ich habe wahrhaftig bei ihm öfter den Eindruck, als spreche er mit mir. Dann fragte er mich unvermittelt, und diesmal mit besonders unmißverständlichen Bewegungen, als steuere er ein Auto, ob ich mit dem Wagen an die Küste gekommen sei.
„Mit dem Flugzeug“ antwortete ich.
„Nicht mit dem Wagen?“ fragte er wieder mit vorgespielten Lenkradbewegungen.
Auch als ich wieder verneinend den Kopf schüttelte, ließ er sich nicht von seinen Lenkradbewegungen abbringen. Er erzählte mir auf seine Weise, daß er vor langer Zeit mit dem Auto hierhergekommen sei. Er deutete die Richtung der Küste entlang bis Genua an und machte dann eine Neunzig-Grad-Kurve, den italienischen Stiefel hinunter. Demnach mußte er aus Süditalien gekommen sein. Er zeigte an, daß die Gegend dort flacher sei und keine so hohen bergigen Hügel hätte wie hier. Dann drückte er mit der rechten Hand die Backen zusammen, so daß

das Gesicht ganz schmal wurde, und machte deutlich, daß er dort in Süditalien nichts zu essen hatte. Aber viel Wein. Jeden Morgen. Jeden Mittag. Jeden Abend Wein. Kein Essen. Nur Wein zum Trinken.

Vito hatte die Gesprächsführung an sich genommen. Dabei war ich es doch, der etwas von ihm wissen wollte. Seine Erzählungen mochten zwar recht interessant und insofern aufschlußreich sein, da ich jetzt wußte, daß die Fischer hier vor Ort wahrscheinlich ein bunt zusammengewürfelter Haufen aus Hiesigen und Leuten anderer Gegenden wie Süditalien waren. Aber ich konnte nicht erkennen, wie das mich weiterbringen sollte.

Ich mußte also das Gespräch wieder selbst in die Hand bekommen und versuchte dies, indem ich aufs Meer hinaus zeige. Imitiere dabei ein wenig Vito, blase die Backen auf und gebe ihm zu verstehen, daß es heute sehr windig zum Fischen ist. Vito hat mich sofort verstanden und macht bestätigende schaukelnde Bewegungen, die nichts anderes als das Schaukeln der Boote andeuten können.

„Wo ist Paolo mit seinem Boot", frage ich ihn, um das Gespräch auf die richtige Person zu bringen.

Ohne auch nur einen Augenblick nachzudenken, zeigt er temperamentvoll in eine Richtung, in welcher in der Ferne ein winzig kleines Boot zu erkennen ist. Vito muß offenbar heute Morgen schon beim Herkommen die Boote ausgemacht haben. Wie anders könnte er sonst so sicher sein.

Ich wollte im Thema bei Paolo bleiben und versuchte eine Frage, von der ich wußte, daß Vito größte Schwierigkeiten hätte, sie zu verstehen. Eventuell wäre es sogar für ihn unmöglich, da ich keine erklärenden Handbewegungen zur Unterstützung der Frage geben konnte.

„Vito, kennst du Paolo gut?"

Abwiegelnd zeigte er nur aufs Meer hinaus und erklärte, was Paolo gerade machte.

Ich startete noch einen zweiten Versuch, eine Frage hinsichtlich Paolo zu stellen. Doch auch das scheiterte. Vito zeigte unaufhörlich, immer wieder temperamentvoll gestikulierend, hinaus aufs Meer. Beschrieb mit Kreisen und ziehenden Bewegungen, wie Paolo die Netze zog und dabei im Wind hin und herschwankte.

Kaum hatte sich die Tür der Bar geöffnet, tippelte Vito eilig mit seinen kleinen krummen Beinen hinein. Ganz offensichtlich eine Flucht vor meinen Fragen.

Ich mußte schon zugeben, daß mein erster Anlauf, etwas mehr über Paolo zu erfahren, ziemlich kläglich im Sande verlaufen war. So einfach, wie ich mir das an diesem windig kühlen Morgen vorgestellt hatte, ging es nicht. Und so gut sich das Gespräch mit Mario ganz allgemein über die Fischerei angelassen hatte, so schnell war ich bei Vito am Ende. Ich hätte wissen können, daß ich nicht so leicht und problemlos weiterkäme. Ich hatte Vito ganz offenbar überfordert. Ohne klare Handzeichen konnte er die Frage nicht verstehen. Und ich war nicht in der Lage gewesen, ihm dies deutlich zu vermitteln. Wahrscheinlich konnte sogar niemand mit Vito über solch komplexe Vorgänge reden. An meinem Tisch vor der Bar Al Molo war ich schnell wieder alleine geblieben.

Es war sicher nicht unbedingt falsch gewesen, etwas über Paolo direkt erfahren zu wollen. Doch ich sollte nicht den zweiten Schritt vor dem ersten tun. Und das hatte ich zweifellos getan. Es wäre der Sache dienlicher gewesen, mich erst intensiver mit der Arbeit von Paolo zu befassen. Mit allem, was damit zusammenhing. Aus den Geschehnissen vor Ort könnte ich dann ohnehin die Schlüsse ziehen, die sich im Hinblick auf die Person von Paolo ergaben. Ich durfte vor allem die Mole nicht aus den Augen lassen. Ich mußte alles und zu jeder Zeit im Blick haben. Wenn es sein mußte, in allem herumstochern, was mich weiterbrachte.

Später, wenn ich glaubte, über genügend aufschlußreiche Details von der Bootsanlegestelle zu verfügen, würde ich meine Aktivitäten variieren können.

* * *

Von Mario hatte ich eine hochinteressante Bemerkung fallen hören, die mich auf der Stelle hellhörig werden ließ. Paolo, so erwähnte Mario, beabsichtige am kommenden Vormittag, ausnahmsweise mit dem Zug kurz nach 10 Uhr und nicht wie gewohnt mit seinem verbeulten Auto zu einer Besprechung nach Oneglia zum Fisch-Großmarkt fahren. Das kam zum günstigen Zeitpunkt. Diese gute Gelegenheit, mit Paolo einigermaßen ungestört plaudern zu können, durfte ich mir nicht entgehen lassen. Sofort setzte mein planerisches Denken ein.
Ich legte mir meinen Plan so zurecht, daß ich im Zug mitfahre, aber eine Station später als Paolo, und zwar in Marina di Andora, zusteige und auch eine Station früher als Paolo aussteige. So konnte ich die Zusammenkunft als rein zufälliger Art hinstellen. Paolo würde nichts vom meinem Plan wissen. Die Unterhaltung wäre ungezwungener, als wenn er den Eindruck erhielte, ich hätte das Treffen absichtlich arrangiert und wollte ihn gezielt ausfragen. Das Ganze hatte zudem den Vorteil, losgelöst von der Atmosphäre der Anlegestelle an der Mole absolut unter vier Augen mit ihm sprechen zu können. Ich mußte die Gelegenheit beim Schopfe packen. Und meine Idee schien in der Tat nicht schlecht und zudem praktikabel zu sein. Es galt jetzt, die scheinbar zufällige Zusammenkunft ganz geschickt einzufädeln.

Die Strecke nach Marina di Andora hatte ich am nächsten Morgen mit dem öffentlichen Bus zurückgelegt, der die lange Küstenstrecke von Savona hierher befuhr. Da ich wußte, daß durch die lange Anfahrtsstrecke des Busses häufig Verspätungen entstanden, war ich gewarnt und nahm einen frühen Bus, um nicht in Bedrängnis zu kommen.

Ich mußte Mario wegen seiner Bemerkung hinsichtlich der Zugfahrt dankbar sein. Auch wenn er genau so wenig wie Paolo wissen konnte, was ich vorhatte. Und ich konnte die Einstellungen von Mario und Paolo vergleichen. Mario hatte gesagt: – Ich bin jetzt fisherman, und das ist gut so. – Stolz und im Brustton der Überzeugung.
Was aber sagt Paolo? Was sagt ein Mann, der ein chemisches Studium erfolgreich absolviert hat und mehrere Sprachen spricht? Ist auch er fisherman, und das ist gut so? Oder ist für ihn die Fischerei doch nur ein notwendiges Übel mangels anderer Gelegenheiten? Mußte sich zwangsläufig der gelernte Chemiker, der zudem ein Sprachengenie zu sein scheint, mit ein paar Fischen am Tag zufrieden geben? Oder was steckte dahinter? Seit mir der Hotelier Antonio von dem Studium und den Sprachkenntnissen von Paolo erzählt hatte, waren dies mitentscheidende Fragen, die sich mir auch jetzt wieder aufdrängten. Ich werde hoffentlich nach der Zugfahrt klüger sein.

Es war beim Einsteigen in den Zug nicht schwer, Paolo zu finden. Er saß ziemlich allein. Außer ihm befanden sich im Abteil lediglich drei Frauen. Sie saßen einige Meter von ihm entfernt und waren lautstark damit beschäftigt, Gegenstände zu beschreiben, welche sie sich offenbar kaufen wollten. Ich verstand aus ihrer gestenreichen und schnellen Unterhaltung nicht allzuviel, da sie ligurischen Dialekt sprachen.
Paolo hatte mich beim Eintreten sofort bemerkt. Er bot mir spontan den Platz ihm gegenüber an und war scheinbar erfreut, nicht alleine reisen zu müssen. Der Zug, der langsam, ja geradezu beschaulich an der Küste vorbeibummelte und an jedem noch so kleinen Bahnhof mindestens fünf Minuten hielt, tat mir durch sein Dahinzockeln zudem den Gefallen, wie vorgehabt in Ruhe und ohne Zeitdruck mit Paolo reden zu können.

Nach einigem allgemeinen Geplänkel über die Küste, die in ihrer bizarren Schönheit aus einem Gemisch von hellen Felsen, grünen Bäumen, Sand und Kies meist unmittelbar neben der Bahnstrecke vor unseren Blicken lag, brachte ich die Unterredung gezielt auf die geringe Fangmenge, die wenigen kleinen Fische, die den traditionell arbeitenden Fischern ins Netz gehen, und auf die Schwierigkeit, mit diesem wenigen auskommen zu müssen. Das war einer der Kernpunkte, die mein Bild von Paolo vervollständigen sollten. Ich hatte mir für heute fest vorgenommen, ihn eindeutig und unmißverständlich zu fragen, wie er bei den geringen Fängen sein Leben einigermaßen erträglich gestalten konnte. Ich brannte geradezu darauf, diesen für mich wichtigen Zusammenhang zu erfahren.

„Es zappeln nicht gerade viele Fische in deinen Netzen. Und groß scheinen sie auch selten."
Ich deutete eine kleine Spanne zwischen Daumen und Zeigefinger.
„Ja, ja. Du hast recht. Wir fangen sowieso nur die Kinder der Fische." Paolo nickte mit dem Kopf. „Die großen haben soviel dazugelernt, daß wir sie nicht bekommen. Sie springen über die Netze hinweg. Sie kennen die Gefahr, die ihnen droht. Sie haben über Generationen durch Erfahrung hinzugelernt. Einige Sorten kommen nur mit der Schnauze bis ans Netz und drehen dann ab. Andere springen."
Ich hatte so etwas schon einmal von einem Fischer an der Côte d'Azur in Frankreich gehört. Doch damals hatte ich es für Fischerlatein gehalten. Und jetzt bekomme ich das gleiche hier bestätigt.
Paolo lächelte über meinen verwunderten Gesichtsausdruck, den ich wohl in diesem Augenblick machte.
„Doch, es stimmt. Wir haben manchmal versucht, die beiden Netze so zu stellen." Er hielt eine Hand waagerecht und die andere senkrecht darunter. „Aber das hat auch nicht viel gebracht. Die Fische sind unwahrscheinlich schlau."
Ich mußte allem Anschein nach lange mit einer fast ungläubigen und nachdenklichen Miene dagesessen haben, denn Paolo

hatte noch eine andere Erläuterung für mich parat. Er zeigte rückwärts durch das Zugfenster.

„Dort, von unserer Bucht aus auf der anderen, von hier aus auf der hiesigen Seite des Capo, in Andora, sind die Verhältnisse um einiges besser. Einige von uns sind nach Andora gegangen, wie zum Beispiel Alfredo.“

Das hörte sich ja höchst interessant an. Aber warum war Paolo dann nicht nach Andora gegangen? Es ist ja nicht weit von hier. Wenn er dort mehr verdienen konnte, warum ging er dann nicht dort hin? Warum nicht an den Ort, an dem die Verhältnisse angeblich besser waren?

Er fängt nur die Kinder der Fische und ging nicht in das so gelobte Andora. Schon wieder Dinge, die zu denken gaben.

„Und du willst nicht nach Andora? Wie kannst du so mit den paar Fischen auskommen. Wie schaffst du das? Dein Erlös kann doch nicht sehr hoch sein.“

Doch als ob meine Frage nicht klar genug formuliert gewesen sein mochte, sah es so aus, als sei sie nicht bei ihm angekommen. Oder er wollte nicht antworten. Starr hielt er seinen Blick durch das Fenster des Zuges auf den mit Pinien umsäumten Küstenstreifen, der scheinbar langsam an uns vorbeiglitt, gerichtet. Mir kamen Zweifel ob der Richtigkeit meiner Frage. Schließlich ging sie tiefer, als es den oberflächlichen Anschein hatte. Was ging es mich auch an, wie er mit seinem Leben klarkommt. Er kannte mich doch nicht so gut, als daß er mir seine finanziellen Verhältnisse hätte unbedingt anvertrauen können. Vielleicht überlegte er auch nur eine Weile, ob er mir Dinge preisgeben sollte, die eigentlich nur ihn und seine Familie etwas angingen.

Der Zug bummelte gemächlich ratternd weiter dahin. Das harte Rollen über die Schienen deutlich zu spüren. Zu keiner Sekunde ließ das Geplärre der drei Frauen im Abteil nach. Wie eine unendliche, temperamentvoll vorgetragene Litanei drang es zu uns herüber. Die Frauen hatten sich jetzt offenbar darauf verlegt, der jüngsten von ihnen, die anscheinend nicht verheiratet war,

Verhaltensmaßregeln im Umgang mit ihrem Freund zu erteilen. Ich hatte schon damit gerechnet, daß die Ausführungen der Frauen die einzigen Worte bleiben sollten, die es für die restliche Zeit der Zugfahrt im Abteil zu verkünden gab, und daß die Unterredung mit Paolo schneller beendet wäre, als sie begonnen hatte, da kam doch noch eine Antwort von ihm.

„Geld braucht man *schon*. – Aber es ist nicht das Wichtigste im Leben. Noch lange nicht das Wichtigste."

Was mich am meisten erstaunte, war die Entschiedenheit, mit der er das sagte. Keine hingeworfene Floskel. Beileibe nicht.

Wie oft habe ich diese Worte schon von Leuten gehört. Von Bekannten und auch Fremden. Leicht dahingesagt. Quasi als Lebensweisheit. Aber wie in den Wind gestreut. Wenn ich dann nachhakte, war meist sehr schnell klar, daß letztlich das Geld doch die wichtigste Rolle in ihrem Leben spielte. Zumindest eine sehr wichtige.

Nicht so bei Paolo. Das war eine sehr ernsthafte und deutliche Feststellung, die ich ebenso ernsthaft aufnehmen sollte. Eigentlich hatte ich diese Worte in dieser entschiedenen Art noch von niemanden gehört. Von keinem Freund und von keinem Fremden. Genau das, genau diese Entschiedenheit seiner Aussage ließ mich keine Sekunde zweifeln. Er meinte jedes Wort, was er gesagt hatte, peinlich genau so, wie er es gesagt hatte. Und ich war auf der Stelle sicher, daß er es auch im täglichen Leben umsetzte. Konsequent. Wort für Wort, getreu seiner Aussage: Geld braucht man schon – ein Minimum ja. Aber es nicht das Wichtigste im Leben. Noch lange nicht das Wichtigste.

Wie ich Paolo bisher kennengelernt hatte, war es wohl auch wieder eine Bemerkung mit Hintergrund. Denn irgendwann mußte ihm diese Erkenntnis ja schließlich gekommen sein. Es war kaum denkbar, daß er in seiner Jugendzeit ein Chemiestudium mit dem Ziel ins Auge gefaßt hatte, sein Leben später mit sehr, sehr wenig Geld zu bestreiten.

Zuerst wollte ich weiterfragen, was für ihn das Wichtigste sei und warum er diese Feststellung traf. Unterließ es dann aber. Denn das Wichtigste im Leben eines Menschen kann solch intimer Natur sein, daß man dies einem anderen nicht ohne weiteres anvertraut. Und soweit in sein Innerstes einzudringen widerstrebte mir jedenfalls in diesem Augenblick. Ich fand es klüger, mir eine solche Frage für einen späteren und passenden Zeitpunkt aufzuheben. Eine zu große Indiskretion wollte ich mir derzeit nicht erlauben.

Denn eigentlich sagte Paolo das, was er zu sagen hatte, klipp und klar: Geld ist noch lange nicht das Wichtigste im Leben. Und Mario hatte gesagt: Ich bin jetzt fisherman, und das ist gut so.

Deshalb wechselte ich das Thema. Ich hatte mir für diese Begegnung mit Paolo noch eine Frage zurechtgelegt. Nämlich, warum er alleine und nicht mit jemand anderem zum Fischen hinausfuhr.

Doch kaum hatte ich ihm die Frage gestellt, mußte ich feststellen, daß ich damit sichtlich einen wunden Punkt berührt hatte.

Noch nie hatte ich ein so intensives Mienenspiel im Gesicht bei Paolo gesehen wie bei dieser meiner Frage. Die Muskeln um den Mund und Wangen zuckten ununterbrochen. Als sich seine Gesichtszüge kurze Zeit später langsam entspannt hatten, sagte er mir, daß er einige Zeit mit einem Kameraden zusammen gefischt habe. Auf meine weitere Frage, warum er jetzt nicht mehr mit dem Kameraden zusammenarbeite, merkte ich, daß ich ein Thema angeschnitten hatte, welches ihm zu schaffen machte. Ich wartete. Bekam aber keine Antwort. Paolo saß wie erstarrt. Da mußte irgend etwas passiert sein. Etwas gravierendes, worüber Paolo jetzt nicht reden wollte.

In seinen Augen spiegelte sich tiefste Betroffenheit. Ich spürte deutlich sein inneres Aufgewühltsein und wäre froh gewesen, die Frage nach seinem Partner zum jetzigen Zeitpunkt nicht gestellt zu haben. Ich war von der Heftigkeit seiner Reaktion völlig überrascht und fand im Augenblick auch keine Erklärung dafür. Doch es war sicher klug, auch bei dieser Frage nicht so weit nachzubohren, daß Paolo sich verletzt fühlte. Es blieb im Moment nur die Hoffnung, daß er später einmal von sich aus ausführlich darauf zu sprechen käme. Oder daß ich vielleicht von jemand anderem etwas darüber erfuhr. Ich werde für heute nicht mehr weiterfragen.

Nach einer Weile beiderseitigen Schweigens überging Paolo meine Frage halbwegs und sagte gedehnt:

„Wenn du eine Entscheidung zu treffen hast, mußt du allein sein."

Dann schwieg auch er wieder.

Das war schon wieder eine jener Feststellungen von Paolo, die es in sich hatten. Allein sein müssen, um eine Entscheidung zu treffen. Es erinnerte fast an das Alleinsein eines Buddhisten, wenn er sich zurückzieht und nach Lösungen fürs Leben sucht.

Ich selbst war bei meinen Arbeiten oft froh, wenn es gelungen war, eine Entscheidung im Team zu treffen. Unter Abwägung aller Meinungen und Informationen von allen Seiten her eine Entscheidung zuwegegebracht zu haben, die viele tragen konnten. Warum soll das hier anders sein? Galten für die Arbeit der Fischer andere Gesetzmäßigkeiten? Zumindest Paolo schien so zu denken. Und in welchem Zusammenhang steht das zum gemeinsamen Fischen? Aber das schien wohl der wunde Punkt. – Wenn du eine Entscheidung zu treffen hast, mußt du allein sein.

Ich hatte mir die Unterhaltung im Zugabteil entspannter vorgestellt. Nun war sie es nicht geworden, und ich hatte vielleicht Wunden aufgerissen. Wir waren kurz vor Diano Marina, meinem Zielort. Doch von meinem eigentlichen Ziel, Paolo zu verstehen, war ich noch meilenweit entfernt. Symptomatisch dafür schien das Weiterrollen des Zuges mit Paolo und ohne mich. Alleine stand ich auf dem Bahnsteig. Der Pfiff des Bahnbeamten zur Abfahrt des Zuges geriet fast zu einem „Bis hierher und keinen Schritt mehr".

Mein Eifer hatte mich sehr früh zu einem so direkten Gespräch mit Paolo getrieben. War es zu früh? Sollte ich wirklich meinen Eifer zügeln und vorsichtiger zu Werke gehen müssen? Ich war unschlüssig. Sagte mir aber, daß eine gute Portion Eifer wahrscheinlich notwendig ist, mein Vorhaben voranzutreiben.

* * *

Auf meinem Tisch zum Abendessen lag einige Stunden nach meiner Rückkehr an diesem Tag ein Kuvert. Mariella, die Hoteliersfrau, hatte es wohl dort deponiert und in dem Augenblick, als ich am Tisch Platz nahm, noch einmal für Sekunden an sich genommen, daran gerochen und es mit einem verklärten Blick auf den Tisch zurückgelegt. Es war ein Fax, das ich schon seit Tagen erwartete.

Ich hatte vor einigen Jahren bei der großen Regatta von Arâsce Maria Cristina aus Rom kennengelernt. Sie saß, als unsere Bekanntschaft begann, am letzten Tag der Regatta hoch in der Nische eines Felsens an der Hafeneinfahrt am Stadtrand von Arâsce, nahe der capelletta mit dem Bild der Madonna. Sie kauerte förmlich, gebückt an den Stein gelehnt, da. Das Fernglas vor Augen. Und sehnte ihre Crew herbei, bei der sie leider diesmal nicht selbst mitsegeln konnte. Ihre flehentlichen Blicke, abwechselnd hinaus aufs Meer und dann hinüber zur Madonna in der cappeletta, wurden an jenem Tag nicht wie erwartet belohnt. Ihre Crew mit dem neuen tiefroten Boot kam im Mittelfeld an und hatte auch in der Gesamtwertung der Regatta lediglich einen mittleren Platz belegt. Sie erzählte mir jedoch mit zurückhaltendem, aber nicht zu verkennendem Stolz, daß sie im Vorjahr an gleicher Stelle bei der capelletta ausgeharrt, gefleht und gehofft hatte, und dieses Flehen erhört worden sei. Dem Segelteam gelang der große Wurf. Es gewann in seiner Klasse mit dem damaligen Boot die große Regatta von Arâsce. Aber es war nicht der große Sieg, es waren an jenem Tag die flehent-

lichen Blicke der lebhaften, tiefgründigen Augen und dazwischen die kurzen, sympathischen Seufzer der zierlich wirkenden jungen Frau, die mich auf sie aufmerksam werden ließen und die unsere Bekanntschaft begründeten.
Und nun hatte ich bei Maria Cristina ebenfalls über Fax angefragt, ob sie sich einige Tagen frei nehmen und mir bei einer interessanten „Detektivarbeit“ behilflich sein könnte.
Wie ich Maria Cristina kannte, mußte dies ihre Neugierde wecken. Sie stammt aus einem Ostteil Roms, in dem fast ausschließlich wohlhabende Familien wohnen. Dort war es durchaus üblich, sich mit allen interessanten und außerordentlichen Dingen die Zeit zu vertreiben. Mit Regattasegeln, aufregend schnelle Autos fahren und ähnlich spannenden Dingen, die zum Zeitvertreib und Vergnügen beitrugen.
Aber Maria Cristina hatte, von diesen zeitvertreibenden Hobbies abgesehen, eine Menge persönlicher Vorzüge. Ich schätzte an ihr besonders ihre einfühlsame Art, mit Menschen aller Gesellschaftsschichten umgehen zu können. Und dies war zweifellos ein Ausdruck ihrer angeborenen Herzlichkeit. Maria Cristina sprach zudem ein hervorragendes Deutsch. Beides zusammen, Einfühlungsvermögen und Sprachkenntnisse, konnte mir bei meinem Vorhaben von außerordentlicher Hilfe sein. Mein Fax hatte, so gesehen, einen realen Hintergrund. Wobei ich nicht verschweigen möchte, daß ich mich über ein Wiedersehen mit Maria Cristina sehr freuen würde.
Wie es sich zeigte, hatte das Wort „Detektivarbeit“ seine Wirkung nicht verfehlt, denn die erste Zeile in großen Buchstaben auf ihrem Fax lautete: Brennend interessiert!!
Ihre Neugier hatte ich also wie beabsichtigt auf den Punkt getroffen. Aber die Zeilen darunter brachten mich keinen Schritt weiter:

> Bestimmt hochinteressant.
> Doch leider bin ich überhaupt nicht abkömmlich.
> Sei bitte nicht traurig!

Ich mußte demnach ohne sie auskommen. Auf mich allein gestellt versuchen die Rätsel zu lösen. Von Maria Cristina war keine Hilfe zu erwarten. Es wäre ganz gewiß gemeinsam mit ihr einfacher und abwechslungsreicher gewesen.
Mariella, die mich aus den Augenwinkeln beobachtet hatte, zuckte bedauernd die Schulter. Entweder hatten meine Augen beim Lesen des Papiers Bände gesprochen, oder sie hatte zwangsläufig am Fax-Gerät den Inhalt mitbekommen, als es ankam.
„Schlimm?" fragte sie.
„Nein. Nicht schlimm. Nur schade. Sehr schade sogar."
„Es geht immer weiter." Ein aufmunterndes Augenblitzen. Ein Kopfnicken. Und schon schwirrte Mariella mit wehendem Rock weiter durch die Reihen ihrer Gäste.
An diesem Tag schmunzelte ich achselzuckend über sie: Es geht immer weiter. Doch später habe ich verschiedentlich daran gedacht. Nur mit dem Unterschied, daß Mariella das Verzichtenmüssen auf Maria Cristina und ich später eher die Sache um Paolo meinte. Jedenfalls sollte sie, so oder so, recht behalten.

* * *

Die Tatsache, daß jeder einzelne Fischer draußen auf dem Meer bei gutem wie bei schlechterem Wetter sich allein überlassen arbeitete, beschäftigte mich den ganzen restlichen Tag. Ganz abgesehen von plötzlich aufkommendem Sturm, sahen vier Augen doch mehr als zwei. Und mit vier Händen gleichzeitig könnten doch Dinge gemacht werden, die getrennt nicht möglich waren. Oder zumindest erleichtert werden. Schwer genug ohnehin schon, die Netze bei unruhiger See zu ziehen. Schwerer noch, wenn sie von klebrigem Fango durchsetzt waren. Allein

war die Obergrenze der Kraft immer diejenige, die aus den eigenen zwei Händen kam.
Dieses Auf-sich-allein-gestellt-Sein und sich ohne Hilfe abrackern zu müssen beschäftigte mich auch noch am Abend. Den Schlüssel, den ich suchte, würde ich jedoch ganz bestimmt weder bei der Frage zum alleinigen oder dem gemeinsamen Fischen finden. Vielleicht war es aber ein Zusatzschlüssel. Ein Mosaik in dem Puzzle, das zu lösen ich mir vorgenommen hatte. Wahrscheinlich, so sagte ich mir, war die Frage des gemeinsamen oder getrennten Arbeitens allein aus der Tradition her zu beantworten. Und für traditionelle Dinge hatte sich Mario geradezu als ein ideal erklärender Fachmann erwiesen. Deshalb konnte es nur gut sein, wenn ich ihn schnellstens darüber befragen würde.
Im Beisein von anderen wollte ich Mario nicht um eine Unterredung bitten, denn er gehörte nicht zu der Sorte Menschen, die sich gerne ausfragen lassen. So hatte ich, kaum daß ich von meiner Eisenbahnfahrt zurück war, ihn über Barbara aus der Conchiglia Bar wissen lassen, daß ich noch eine Frage an ihn hatte. Und wie gut ich daran getan hatte, ihn nicht direkt anzusprechen, merkte ich daran, daß er mich über einen Tag warten ließ, ehe er Barbara mitteilte, er sei bereit für mich.
So hatte er mir zu verstehen gegeben, daß ich bitteschön nicht zuviel fragen sollte, mir aber gleichzeitig durch seine Zusage Höflichkeit entgegengebracht. Er hatte Barbara eine Uhrzeit zum Treffen in der Bar Al Molo genannt, und ich traf ihn auch dort.
Bei meiner Frage, warum jeder Fischer allein für sich selber kämpft, wiegelte er mit dem Kopf und drehte sich halb zur Seite. Also auch Mario redete nicht gerne davon. Doch dann drehte er sich wieder zu mir und schaute mich fest an.
„Früher“, sagte er, „früher sind die jungen Männer zu den alten in das Boot geklettert. Sie haben kameradschaftlich zusammengearbeitet. Haben zueinander gestanden. Heute würde kein Junger mehr zu einem Alten gehen. Heute nicht mehr. Auch die

Älteren wollen nicht mehr miteinander gehen. Alles hat sich geändert."
„Weißt du", sagte er, „jeder fisherman hat seinen eigenen Kopf."
Dabei tappte er sich mit den Fingern mehrmals auf die Stirn.
Das ist wie Paolo, dachte ich: Wenn du eine Entscheidung zu treffen hast, mußt du allein sein. Und Mario sagt: Jeder fisherman hat seinen eigenen Kopf.
Aber Paolos betroffenes Verhalten während der Zugfahrt war mit diesen Aussagen noch lange nicht verständlich erklärt. Jedenfalls nicht für mich.

* * *

Es waren Tage vergangen, und ich hatte Paolo jetzt oft ganz aus der Nähe bei der Arbeit zugesehen und mit ihm manches Wort gewechselt. Er hatte mir erzählt, wie schwer sein Netz sei. Das schwerste hier. Er hatte mir auch erklärt, wie er trotzdem damit umgehen könne, ohne daß er sich zu sehr strapaziert. Daß sein Netz beim Auslegen leicht durch die Luft fliege und beim Einholen gut auf das Boot abgestimmt sei. Daß er es dann, breitbeinig im Boot stehend, in gleichmäßigen direkten Armzügen ziehen kann. Die Größe der Maschen im Netz hatte er mir erklärt und für welche Fische sie geeignet sind. Er erzählte mir, wie er auf die giftigen Fische mit den Rückenstacheln achtgeben muß, um keine Entzündungen an den Händen zu riskieren, die ihn tagelang ausfallen ließen. Und vieles mehr.
Besonders auch über eine faszinierende Fangmethode für die außerordentlich wohlschmeckenden mormore, von der ich gehört hatte, daß nur er diese Technik hier vor dem Capo beherrscht. Eine fast unglaubliche Fangmethode, bei der er auf dem Meeresboden mit seinem Netz einen Kreis um die Fische zieht, dann hinabtaucht und die Fische einzeln mit der Hand fängt. Taucht und taucht, bis alle im Boot sind.

Und er hat mir erzählt, daß das schlechte Wetter ihn im Durchschnitt etwa jeden dritten Tag an der Fischerei hindert.
Aber über seine Beweggründe, die ihn hierher brachten, hatte er nicht gesprochen. Nicht, warum er überhaupt hier ist, und auch nicht darüber, warum er nicht nach Andora ging. Nicht darüber, wie er sich mit ein paar Fischen täglich zufrieden geben kann und wie er damit auskommt. Und genausowenig darüber, warum er alleine auf Fischfang geht.
Ansonsten wurde Paolo mir gegenüber zunehmend lockerer. Es entwickelte sich nach und nach ein freundschaftlicher Kontakt. Die Sympathie schien gegenseitig. Daher glaubte ich jetzt, ihn direkt und geradeheraus fragen zu können, warum er Fischer geworden war.
Ich wählte als Platz hierfür die Anlegestelle der Boote. Den Ort, wo Paolo die meiste Zeit des Tages verbrachte. Wo er sich wohl fühlte und wo er den direkten Kontakt zu seiner Arbeit und dem Meer hatte. Wo er mir auch zeigen konnte, was notwendig war, um zu verstehen.
Am frühen Nachmittag ging ich hinüber an die Mole. Ich wußte, daß Paolo um diese Uhrzeit jeden Tag bei seinem Boot saß und die defekten Netze reparierte. Im Grunde eine stupide Arbeit. In der einen Hand das kurze Messer, in der anderen den ago, auf den der Nylonfaden gewickelt ist. Den ago ständig hin- und herbewegend löst sich der Faden, wie er gebraucht wird. Mit der Linken gleichzeitig das Netz haltend, knüpft er mit scheinbar stoischer Ruhe die entstandenen Löcher zu, welche ihm Steine, Krebse, Fische oder auch gramigna zugefügt haben.
Nebenan die geordnete Reihe der Touristen auf ihren Liegestühlen. Einige wenige Urlauber sogar dort, wo die Boote der Fischer und die Karren mit den Netzen stehen. Dieser Teil ist freier Strand. Zwar nicht so gepflegt wie die übrigen Abschnitte, aber deshalb kostenfrei.
Junge Mädchen und Frauen räkelten sich direkt bei den Booten. Ihre weiblichen Reize gegenüber den Fischern bewußt ausspielend. Darauf aus, mit den Männern zu flirten, die in ihren

Augen ein hochinteressantes Leben führen. Und bei denen nach ihrer Meinung ein nostalgisch anmutendes Abenteurertum geradezu aus den windgegerbten Gesichtern herauszulesen ist.
Paolo saß auf seinem Stuhl am Boot und hatte offenbar nur Blicke für sein Netz. Seine Miene kaum einmal verändert. Nur ab und zu ein kurzes Aufblicken. Sich entspannen. Um sich dann wiederum voll und ganz der Arbeit hinzugeben. Eigentlich mußte er sehen, wie besonders an seinem Boot immer wieder hübsche junge Frauen in ihren knapp sitzenden Bikinis den Kontakt zu ihm suchten. Aber nicht die geringste Regung bei ihm, die darauf hindeuten konnte, daß er sich von den kaum bedeckten Körpern angesprochen fühlt. Und doch kaum vorzustellen, daß ihn dieses Spiel der Schönen kalt läßt. Ein attraktiver Mann, intelligent und aufgeschlossen. Mit einem manchmal durchblitzenden Temperament ausgestattet. Solch ein Mann mußte doch einmal Regung zeigen. Aber Paolo saß, den sportlichen Oberkörper der Sonne freigegeben, den Anschein erweckend, geistig kaum anwesend zu sein.
Erst als ich mich zu ihm setzte, ließen meine interessierten Blicke seine Augen lebendig werden. Ich werde vorsichtig sein, denn schließlich möchte ich heute nach so langer Zeit des Wartens endlich erfahren, warum er Fischer geworden ist. Warum er hier ist und nicht auf einem Chefsessel sitzt.
Vorsichtig beginne ich die Unterhaltung.
„Ein normales Netz, Paolo?"
„Ja, so kann man sagen. Das nehme ich für die pagari."
„Für die guten pagari?"
„Ja. – Aber erst muß ich sie auch fangen. Weißt du, es ist besser, *eine* occhiata gut, als hundert pagari schlecht zu fangen."
Als dabei um seine Mundwinkel ein Lächeln spielt, ist mir sofort klar, daß er mit der Doppeldeutigkeit des Wortes occhiata spielt. Occhiata bedeutet sowohl eine Fischsorte, als auch Blick oder Anblick: Lieber ein einziger schöner Blick auf eine schöne Frau, als sich auf miserable Art mit hundert pagari herumplagen.

Paolo war glänzend aufgelegt. Das war gut für mein Vorhaben. Ich sollte die Gunst des Augenblicks nutzen und meine Frage stellen.
„Paolo, würdest mir sagen, warum du überhaupt und ausgerechnet hier am Ort Fischer geworden bist?"
Paolo schaute nicht von der Arbeit auf. Es schien so, als gedachte er nicht, darauf zu antworten. Er saß und knüpfte, als hätte er meine Frage nicht wahrgenommen.
Ich wollte diesmal beharrlich bleiben. Blieb bei ihm sitzen und wartete geduldig. Einmal würde er es mir schließlich sagen müssen.
Vom Wasser her klangen die schrillen Rufe der Badenden. Eine Mutter schrie ihrem kleinen Kind lauthals Anweisungen zu, die es jedoch nicht befolgen wollte. Ein Strandverkäufer rief seine Waren aus.
„Bomboloni – Pizza!"
Paolo schien nichts davon aus seiner Ruhe zu bringen. Es waren für ihn vertraute Geräusche, die seinen Alltag melodisch ummalten. Auch ich werde Geduld zeigen. Warten auf seine Antwort. Die hoffentlich alles und restlos klärende Antwort.
Nach einer Weile hielt Paolo in der Arbeit inne. Setzte sich aufrecht hin. Seinen Blick geradeaus in die Weite gerichtet.
„Es waren die Umstände und die Passion."
Ich hatte ihn fest im Blick. Wartete darauf, daß er weiter redete. Sich über seine Beweggründe ausließ und erklärte.
Doch dann stand er auf. Ließ das glatte Netz aus den Händen gleiten. Legte Messer und ago ins Boot und ging davon, ohne sich nur ein einziges Mal umzusehen.
Ich blieb mit einer Antwort zurück, die vielsagend war. Umstände hatte er erwähnt. Ich kannte sie nicht. Woher auch? Und Paolo hatte offenbar keinerlei Neigung, darüber zu reden. Er hatte mich bewußt, mit lediglich einer Andeutung, zurückgelassen. Aber so wie er wegging, empfand ich seinen wortlosen Abgang nicht einmal als unhöflich. Er hatte mir nur unmißverständlich klargemacht, daß die Unterredung zu Ende war.

War meine Frage vielleicht doch zu abrupt an ihn gestellt gewesen? Ohne die notwendige ausführliche Vorbereitung? Ohne eine vorherige Ankündigung? Ich hatte geglaubt, es tun zu können, und hatte mich getäuscht. Oder die Umstände, von denen er sprach, waren von größerer Bedeutung, als ich ahnte. Waren tatsächlich dramatisch. Wenn das der Fall war, wird es schwierig werden, mehr von ihm über sich selbst zu erfahren.
Ich mußte an die Hotelwirtin Mariella denken: Es geht immer weiter. Aber wielange sollte ich noch Geduld haben? Irgendwie mußte ich doch weiterkommen.

Der große Traum

Der Himmel zeigte sich in seinem schönsten Azurblau und übertrug diese Farbe auf das ruhige Meerwasser, das sich nur leicht unterschiedlich schattiert durch Tiefe und Untiefe zeigte. Die Luft atmete sich angenehm mild. In der Stille der Mittagszeit klangen die Stimmen von mehreren Fischern am Anlegeplatz überdurchschnittlich laut. Ausgelassen und schrill. Kaum zu überhören das Durcheinander der Töne. Der Tag war nicht für die Arbeit geschaffen. Einzelne Fischer lehnten am Boot von Paolo oder standen daneben herum. Übten sich mit voller Hingabe im süßen Nichtstun: Mario, der noch mehr als sonst über das ganze seemannsbärtige Gesicht strahlte. Dann zwischen ihm und Paolo der schweigsame Piero. Wie so oft mit einer Zigarette zwischen den Lippen. Dahinter ein älterer, ehemaliger Fischer. Etwa zwei Meter neben den anderen saß auf dem Stuhl von Paolo ein großgewachsener, schlanker, aber schon pensionierter Seemann – Lino.

Lino hat auf der anderen Seite der Mole ein Boot liegen, mit dem er fast ausschließlich calamari fängt. Nicht mehr jeden Tag. Sondern nur zur Aufbesserung seiner kargen Pension. Und Lino schien das Wort zu führen. Seine Stimme war klar herauszuhören. Die anderen Fischer lachten fast unentwegt und ließen sich zuweilen zu kurzen, laut eingeworfenen, untermalenden Bemerkungen hinreißen. Jeder auf seine Weise. Ihre Gesten sprachen Bände. Mal feurig fuchtelnd, ihr ganzes Temperament hinausjagend. Mal gedämpft und zart, als streichelten ihre Worte den Gegenstand ihrer Beschreibung. Sogar der sonst so schweigsame Piero warf ab und zu ein paar Wortbrocken ein.

Als ich dazukam, stockten die Erzählungen von Lino. Die Fischer lachten nur noch in sich hinein. Doch die Wortpause von Lino hielt nicht lange an, und bald wußte ich den Grund

des Gelächters. Es war wie so oft, wenn Männer unter sich sind und übermütig werden.
Lino erzählte derbe Männergeschichten, die nach Möglichkeit keine Frau hören sollte: Die Geschichte von einem alten Seemann, der Arme und Beine verloren hat und trotzdem noch auf drastische Weise einer Frau, die einen Ehemann sucht, plausibel erklären kann, daß er seine männliche Potenz nicht verloren hat. Und er erzählte eine Kriegsgeschichte, in der drei Gefangene nur dann vor dem Erschießen bewahrt bleiben, wenn sie den ausreichenden Beweis ihrer Männlichkeit erbracht haben.
„Lino ist ein alter Pirat", sagte Mario und zeigte mit ausgestrecktem Arm und lachendem Gesicht auf ihn.
Lino scheint dies nicht zu stören.
„Ja, lacht nur", rechtfertigte sich Lino laut. „Früher haben wir oft gelacht." Er winkte mit beiden Händen ab. „Heute gibt es nicht mehr viel zu lachen. Früher, als hier Boot an Boot stand. Und die Boote voller Fische waren. Da haben wir viel gescherzt. Da waren wir jeden Tag guter Laune. Damals konnte man auch noch große Fische fangen. Ich habe bereits als junger Bursche einmal einen ganz großen Fisch gemeinsam mit meinen Brüdern gefangen. Hans, ich werde dir eine Kopie des Bildes machen lassen. Du wirst staunen. Das war während des Krieges. So etwas gibt es heute nicht mehr. Kein Boot mehr voller Fische! Kein wirklich großer Fisch mehr! Jedenfalls nicht mehr für uns hier. Alles vorbei!"
Urplötzlich war Wehmut in seine Stimme gekommen. Sein Gesicht von einer Sekunde zur anderen ernst. Er schluckte zwei bis drei Mal kräftig durch, als müsse er einen Bissen hinunterwürgen, der ihm im Halse steckengeblieben war. Abrupt war Lino von seinem Stuhl aufgestanden, drehte sich um, ging zwei Schritte abseits und kehrte mir und den anderen den Rücken zu. Niemand der Umstehenden sollte sein Gesicht sehen. Als ich schon nicht mehr glaubte, daß er weiterredet, wandte er sich wieder zu mir und zeigte mit ausgestrecktem Arm auf Paolo.

„Hier! Paolo! Dem ist vor vielen Jahren noch einmal ein großer Fang gelungen. Nicht wahr, Paolo? Die orate. Du und Nino. Das war noch einmal ein großer Schlag! Fünfzehn Jahre dürften das jetzt bald her sein. So etwas müßte noch einmal passieren!"
Mit hoch erhobenem Zeigefinger stand Lino vor mir und den anderen. Er hielt kurz den Atem an. Zog die Stirne hoch. Schaute mit offenem Mund und nickte heftig, seine eigenen Worte bestätigend.
So stand er sekundenlang, um gleich darauf jählings mit der rechten Hand abzuwinken.
„Ach komm!"
Unwirsch schüttelte er den Kopf.
„Laß uns nicht mehr von den alten Tagen erzählen!"
Und genau so plötzlich, wie er vorhin aufgestanden war, wandte er sich zum Gehen, und ich nahm noch wahr, wie dem hartgesottenen Seemann eine Träne die Wange herunterlief.
Auch rund herum war es still geworden. Piero, mit der Bommelmütze, hatte sich leise davongeschlichen. Und mir entging auch nicht, daß die Augen von Paolo und Mario feucht geworden waren.
So etwas müßte noch einmal passieren! – Lino hatte den absoluten Punkt in der Seele der Fischer getroffen. Niemand von ihnen wollte es ansonsten aussprechen. Aber das war es, wovon sie träumten. Alle. Ohne Ausnahme. Noch einmal! Noch ein einziges Mal ein oder zwei Boote voller Fische bis oben hin. So dicht geschichtet, daß die Köpfe der Fische nebeneinander nach oben stehen. Noch einmal das schier Unmögliche möglich machen. Noch einmal an der Anlegestelle von den Angehörigen, den Freunden und den Leuten des Ortes bejubelt werden. Und vor allem: Noch einmal sich selbst beweisen können! Als erfolgreichen Fischer. Den anderen und sich selbst gegenüber. Seht! Schaut her! Es gibt sie noch! Und ich, ich habe sie euch gebracht!

Ihr großer Traum war an ihren Augen und ihren Gesichtszügen abzulesen. Offen und überdeutlich. Und Lino hatte es ausgesprochen: So etwas müßte noch einmal passieren.

Lino hatte bei seinem Erzählen einen mir noch nicht bekannten Namen genannt: Nino.
Das mußte der ehemalige Partner von Paolo gewesen sein. Der Partner, mit dem Paolo gemeinsam auf Fischfang ging. Derjenige, über den Paolo neulich nicht reden wollte. Auch diesmal war Paolo nicht selbst auf seinen damaligen großen Fang und auch nicht auf Nino, seinen früheren Partner, eingegangen. Hatte in keiner Weise reagiert, als Lino ihn angesprochen hatte. Daß er sich nicht selbst wegen seines großen Fangs loben wollte, verstand ich. Doch daß er nicht einmal durch eine Geste diesen Fang bestätigte, kam mir doch rätselhaft vor. Der Name Nino schien ohnehin nicht so schnell über seine Lippen zu kommen. Seine Zurückhaltung hinsichtlich seines Partners war augenscheinlich. Ich spürte, da war etwas Außergewöhnliches passiert.
Am Tag des Geschichtenerzählens verließen auch die restlichen Fischer schon frühzeitig den Platz. Sofort nachdem die Fische verkauft waren. Vielleicht klangen noch zu sehr die Worte von Lino nach. Vielleicht war es auch besser, wie Lino sagte, nicht mehr von den alten Tagen zu erzählen. Das brachte nur Trauer. Das brachte nur knallharte Konfrontation mit den heutigen, tristen Fangergebnissen.
Daß ausgerechnet Lino solch sentimentalen Anwandlungen unterlegen war, hatte mich schon überrascht. Er, der hartgesottene Seemann. Der alte Pirat, wie sie ihn wegen seiner Härte als Seemann nennen. Lino war lange Zeit nostromo gewesen. Hatte Matrosen zur See zu führen. Ich hatte erfahren, daß verschiedentlich Matrosen über Bord sprangen, wenn Lino das Boot betrat. So hart mußte er gewesen sein. So gefürchtet war er. Und dann diese Sensibilität. Diese Wehmut. – Laß uns nicht mehr von den alten Tagen erzählen ...

Ich wartete am Nachmittag bei den Booten. Die bewegte Haltung der Fischer hatte auch mich getroffen. Ihre Erwartung auf einen großen Fang war verständlich. Aber daß sie so tief lag, hätte ich nicht vermutet. Ich wollte die melancholische Stimmung in mir verscheuchen und wartete, daß einer von ihnen käme und vielleicht etwas lockerer über den großen Fang von Paolo mit mir sprechen würde.

Gegenwärtig hatten noch die Urlauber den Platz der Fischer fest für sich im Griff. Nur der alte taubstumme Vito flickte an Marios Netzen. Der kleine Mann aus Apulien, den der Hunger wie viele andere nach dem Zweiten Weltkrieg nach Mittelitalien getrieben hatte, ist ein Verwandter von Marios Frau. Unter seinem Stuhl spielte eine der Katzen, die hier tagsüber an der Mole leben und auf den einen oder anderen kleinen Fisch warten, den ein Fischer ihnen zuwirft. Sie schien sich nicht im geringsten an dem Treiben der Urlauber zu stören. Genoß offensichtlich den schattigen Platz unter dem Stuhl. Und auch ich suchte mir einen Platz im Schatten und versuchte es der Katze und den Touristen gleich zu tun. Die Tageswärme auf erträgliche Weise zu genießen. Zudem wollte ich die melancholischen Gedanken nicht zu tief in mich eindringen lassen. Mich ihnen nicht zu sehr ausliefern. Es wurde spät, ehe der erste Fischer wieder auftauchte. Es war wie so oft Mario.

Behutsam schnitt ich das Thema des Vormittages noch einmal an. Als die Sprache auf Lino fiel, nickte Mario, während er sprach.

„Der alte Pirat. Ja, ja. – Lino war ein harter Brocken. Aber ein guter Seemann und ein sympathischer dazu. Er hat sehr früh seinen Vater verloren. Er, zwei Schwestern und seine drei Brüder mußten früh an die Arbeit und die Familie ernähren. Da darf man nicht überzimperlich sein. Verstehst du?“

Ich nickte ebenfalls und versuchte zu verstehen.

„So ein großer Fang, wie Lino erzählt hat. Das ist heute kaum noch möglich. Es sind nur noch wenig Fische da. Die Umwelt hat sich geändert. Schau, dieses lange Gras – das posidonia. Wo das ist, sind die Fische. Es gibt nicht mehr viel Gras. Früher gab es direkt am Capo viel davon. Dort standen die Fische dicht. Das Meer hat sich geändert. Hier bei uns in der Bucht geht es ja noch. Sonst ist es meist noch viel schlimmer. Das Gras ist weg. Mit dem Gras die Fische. Wir! Schau, wir mit unseren kleinen Booten und unseren Netzen. Wir beeinträchtigen den Fischbestand überhaupt nicht. Das ist noch natürliches Abfischen im wahrsten Sinne. So soll es sein. Aber da sind leider auch die Großen. Kratzen den ganzen Boden ab und zerstören alles radikal. Den Boden. Die Pflanzen. Die Brut. Kleine und größere Fische."

Mario begann sein Netz zu richten.

„Natürlich will jeder noch einmal einen großen Fang landen! Vielleicht taucht ja mal irgendwo wieder ein Schwarm auf. Einen großen Fisch, wie einen ausgewachsenen Thunfisch oder Schwertfisch, können wir sowieso nicht fangen. Dazu sind unsere Boote zu klein. Dazu muß man größere Boote haben. Ein paar der alten, großen Boote von hier liegen noch in Andora im Fischerhafen."

Schon wieder fiel der Name Andora. Ich werde nicht umhin können, es mir bald genauer anzusehen, als ich es bisher kannte.

„Früher mußten wir auch die Delphine fangen. Wir waren dazu gezwungen. Sie waren die Feinde der Fischer. Ich hatte dir schon gesagt, daß die Netze aus Baumwolle waren. Die Delphine haben leider die Baumwolle gefressen. Sie waren regelrecht scharf darauf. Die Netze waren ständig kaputt durch sie. Und wir konnten nicht dauernd neue Netze kaufen. So ein Netz, das war sehr, sehr teuer. Kaum erschwinglich."

„Heute stehen die Delphine aber unter Naturschutz" sagte ich dazwischen.

„Ja. Das ist auch gut so. Den Nylonnetzen haben sie ja auch nichts an. Und es gibt nicht mehr viele Delphine. Leider. Man sieht sie kaum noch. Im Winter schon mal einige. Weiter draußen in der Bucht. Dort machen sie ihre herrlichen Sprünge

über das Wasser. Im Sommer siehst du keine mehr. Und hier vorne überhaupt nicht. Schade drum. Aber früher konnten wir die Delphine bedauerlicherweise nicht gewähren lassen."
„Dann ist der Kunststoff auch mal für die Natur hilfreich."
„Hinsichtlich der Delphine, ja. Auch sonst sind die Netze nicht mehr so schwer, und sie sind pflegeleichter."
„Du flickst deine Netze noch."
„Ja. Es fällt mir schwer, ein Stück Netz wegzuwerfen, nur weil es defekt ist. Ich muß nämlich immer daran denken, wie das früher war. Wer das nicht mitgemacht hat, dem fällt es schwer, das heute zu verstehen. Ein Netz ist wie ein Stück von einem selbst. Das Netz, das Boot und du. Das gehört zusammen."

* * *

Es war eine Woche nach meinem Marktbesuch in Albenga und wieder Mittwoch. Für diesen Tag stand meine erneute Fahrt dorthin an. Ich wollte mich in der Galleria der Altstadt vergewissern, ob das Gemälde, das ich undeutlich durch das Glas der Türe gesehen hatte, das Bild war, das mich drei Jahre beschäftigt hatte. Ich versteifte mich einstweilen nicht allzusehr darauf, daß dem wirklich so sei, denn meine Sicht durch das Glas der Eingangstür zur Galleria war in der Tat nicht sehr gut gewesen. Ich hielt es für besser, erst einmal alle Vorbehalte auch mir gegenüber gelten zu lassen. Ansonsten könnte ich mich vorschnell auf etwas freuen, was beim näheren Hinsehen wie eine Seifenblase zerplatzen würde. Die Enttäuschung wäre dann um so größer.
Zum Mittagessen war ich diesmal keine Verpflichtung eingegangen. Ich ließ mir aber am Vormittag erst einmal Zeit, denn das wußte ich jetzt: Die Galleria wird nicht vor 11 Uhr öffnen.
Unterdessen hatte ich mir in den letzten Tagen Vorwürfe gemacht. Wenn, ja wenn das vermeintliche Gruppenbild an der Wand der Galleria nun tatsächlich meine mich nicht loslassende Erinnerung wäre und es hätte sich in der Woche, die zwischen

meinem ersten Besuch hier und heute lag, zufällig ein Käufer gefunden, dann wäre das eigentlich unverzeihlich. Ich hätte mich dann selbst um die Erfüllung eines kleinen Wunschtraums gebracht.

Also wollte ich Punkt elf Uhr vor der Tür der Galleria stehen. Ich nahm den öffentlichen Bus. Einen Fahrschein hatte ich mir tags zuvor in dem Tabakladen in der Via Dante besorgt, weil ich von meinen bisherigen Busfahrten her wußte, daß es keine Möglichkeit gibt, den Fahrschein im Bus zu lösen.

Die Fahrt zog sich scheinbar endlos hin. In Arâsce stockte der Verkehr derart, daß ich glaubte, ich würde die Galleria an diesem Vormittag nicht mehr erreichen. Die Straßen der Stadt waren von Autos vollgestopft. Links und rechts, dicht aneinander, mehr oder weniger korrekt parkende kleine und größere Wagen. Der Busfahrer quälte sich mit stoischer Ruhe vorwärts. Von Kreuzung zu Kreuzung. Von einer Ampel zur nächsten. Zentimetergenau an den Fahrzeugen vorbei. Von allen Seiten durch rasant hinfegende Mofas, die wie Moskitos in jede noch so kleine Lücken stießen, überholt. Endlich am Ende der Stadt, lockerte der Verkehr ein wenig auf und der Bus kam einigermaßen zügig voran. Die Straße schlängelte sich jetzt außerhalb der Stadt etwas höher hin. Zwischen grobem Felsgestein zur Linken und dem glitzernden Meer mit seinen Segelbooten zur Rechten. Ganz in der Nähe die Hühnerinsel. Ich warf jedoch nur einen kurzen Blick darauf. In meinem Kopf war nur noch Platz für das Bild. Für das Gemälde selbst und die Gefahr, daß jemand es in der Zwischenzeit gekauft haben könnte. Immer vorausgesetzt, es war das Bild, welches ich meinte. Nicht vorzustellen, wenn ich von der Dame in dem Laden erfahren würde, daß gerade in den letzten Tagen ein Interessent da gewesen sei und das Bild bereits einen neuen Besitzer gefunden hätte. Ich stöhnte bei diesem Gedanken so laut, daß die schon ältere Dame, die neben mir saß, mich vorsichtig mit prüfendem Blick von der Seite ansah.

Ich war die ganze Zeit so auf das Gemälde fixiert, daß ich beim Einstieg in den Bus übersehen hatte, den Fahrschein zu entwerten. Ausgerechnet bei dieser Fahrt war ein Kontrolleur zugestiegen. Er schaute sich mein Ticket an und musterte mich eindringlich. Er sah wohl, daß ich kein Hiesiger war. Wahrscheinlich war das der Grund, daß er von einem Bußgeld absah. Doch ob mit oder ohne Bußgeld, das interessierte mich an diesem Tag nur am Rande. Ich hatte nur noch das Gemälde im Kopf. So ließ ich verständnisvoll die belehrenden und anschließend streng ermahnenden Worte über mich ergehen. Gelobte Besserung und war froh, als der Kontrolleur einen weiteren Fahrgast dabei ertappte, daß auch dieser das biglietto nicht in den Apparat im hinteren Teil des Busses gesteckt hatte, der von der Karte ein Stück abknipste.

Kurz vor Albenga dann die ersten Treibhäuser der Gartenstadt. Der Bus passierte zügig einige unauffällige Wohnstraßen. Danach die Brücke über die Centa. Zu dieser Jahreszeit mehr versandet als brauchbares Gewässer. Kaum vorstellbar, daß die Centa sich im Winter manchmal zu einem reißenden Strom entwickelt und große Brücken hinwegschwemmt. Der Bus stockt noch einmal. Doch dann, unweit hinter der Flußbrücke, endlich meine Haltestelle.

Ich durcheilte die engen Gassen der Altstadt. Die hohen, dichtgedrängt aneinanderstehenden Häuser in fast einheitlicher, verblaßter Farbgebung vermittelten den Eindruck, als zwänge ich mich durch eine Häuserschlucht. Nur ja nicht zu spät kommen. Das wäre mehr als ärgerlich. Die wenigen Leute in den Straßen nahm ich kaum wahr. Eher schon den Lärm und den Staub der Baufirmen, die in mehrenen Gassen mit dem Abschlagen von altem Stuck befaßt waren. Leise vor mich hin fluchend, zwängte ich meine Glieder unter einigen Gerüsten hindurch und an straßenversperrenden Lastwagen vorbei. Als ich endlich um die letzte Ecke zur Galleria hin einbog, sah ich die Tür zum Laden geöffnet.

Die Inhaberin war anwesend. Ich erkannte sie sofort von meinen früheren Besuchen her. Ob sie sich jedoch an mich erinnern konnte, war mir nicht recht klar, obwohl sie den Eindruck erwecken wollte.
Ich schaute mich in dem Laden um und versuchte meine Neugier nach Möglichkeit zu unterdrücken. Ein schneller Blick nach links. An der Wand in halber Höher hing tatsächlich das Ölgemälde! Es war es! Es war genau das Bild, das ich vor drei Jahren gesehen hatte. Auf Holz gemalt. Mit demselben Riß im unteren Teil, an den ich mich jetzt auch wieder erinnern konnte. Für einen Moment hielt ich den Atem an. Das Bild war tatsächlich noch da. Ich träumte nicht. Es hing dort an der Wand.
Ich schaute es mir intensiv an. Es gefiel mir noch genau so gut wie damals. Ein Blick auf die Rückseite des Bildes verriet mir, daß es nicht wesentlich teurer geworden war.
Diesmal wurde ich schnell mit der Dame handelseinig. Und was ich kaum für möglich gehalten hatte, sie erließ mir einen Betrag, der sich für uns beide in angemessenem Rahmen bewegte. Damit war auch meine Einstellung vom ordentlichen Handel wieder bestätigt. Ich verrate wohl kein Geheimnis, daß ich das Bild diesmal auch dann gekauft hätte, wenn sie mir nichts im Preis nachgelassen hätte.
Ein richtiger Handel muß zwei lachende Gesichter haben, sagte mir vor langer Zeit einmal ein türkischer Freund. Meines strahlte ohnehin, wenn ich mir auch den Eindruck zu geben versuchte, es mir nicht anmerken zu lassen. Bei der Galleriabesitzerin war ich auch sicher, daß sie noch ein recht gutes Geschäft gemacht hatte.
Sie verpackte mir das Bild mit gepolstertem Material. Ein leichtes Anstoßen könnte bei der Sorgfalt, die sie an den Tag legte, dem erworbenen Stück nichts mehr anhaben. Das Bild in einer festen Papiertragetasche in der Hand, verließ ich erfolgreich das Geschäft der älteren Dame.

Nun besaß ich das Bild, an das ich so oft gedacht hatte. Ich war Eigentümer des ersehnten Stückes. Doch jetzt geschah etwas Seltsames. Ich konnte auf einmal nicht mehr recht jubeln. Mich nicht so freuen, wie ich es mir vorgestellt hatte, falls das Bild jemals in meinen Besitz gelangen sollte. Ein wenig froh war ich schon. Aber halt nicht überschwenglich begeistert. Nicht in Jubelstimmung. Es wird einige Tage dauern, bis ich realisiert habe, daß das Bild nun mir gehört, und dann wird bestimmt auch die Freude kommen. Einstweilen war es Zufriedenheit. Nicht mehr als Zufriedenheit.

Ich mußte an Paolo denken. Wenn die Fischerei seine Passion ist, dann war das hier eine kleine Passion von mir. Eine sehr kleine gegenüber der, die in Paolo stecken mußte und die ich bis jetzt ganz bestimmt nur zu einem verschwindend geringen Bruchteil kennengelernt hatte und nur in etwa ahnen konnte.

Bereits am Abend überwog dann doch wieder die Freude darüber, daß ich das Gemälde nun mein eigen nennen konnte. Den Freunden zu Hause, denen ich so oft von meinem verpatzten Kauf erzählt hatte, werde ich das Bild präsentieren können. Der Freund aus Dortmund, der vor drei Jahren bei meinem zweiten Galleriabesuch dabei war, sollte nicht schlecht staunen, wenn ich ihm nun die Tischgruppe vor die Augen hielte.

Da ich den gelungenen Erwerb als unwahrscheinlichen Erfolg wertete, beschloß ich noch am selben Abend, dies ein wenig zu feiern. Ich begab mich gezielt mitten unter die Touristen und fühlte mich zu dieser Stunde mehr denn je als solcher. Der Rummel um mich herum störte nicht. Er schien mir sogar gut zu tun. Die lauten Diskussionen der hin und her flanierenden Urlauber an der Uferpromenade mischten sich in das Rauschen der Wellen, und die Geräuschkulisse glich einem anerkennenden Beifallklatschen für den gelungenen Coup und meine nun zufriedene Seele.

Lust und Leidenschaft

Am nächsten Morgen am Frühstückstisch waren meine Gedanken bereits wieder bei Paolo und der Fischerei. Ich zog kurz Bilanz. Das Ergebnis war einfach: Über die Fischerei hatte ich einige allgemeine Dinge erfahren. Nicht ausführlich alles. Aber immerhin etwas. Insbesonders über die Vergangenheit der Fischerei.

Über Paolo aber waren meine gewonnenen Erkenntnisse mehr als dürftig. Außer meinem Wissen darum, um welch hervorragenden Fischer es sich bei Paolo handelte, und außer der Tatsache, daß er ein Sprachengenie und diplomierter Chemiker und der Fischerei verbunden war, war bisher letztlich alles andere verborgen geblieben. Mutmaßungen, aber nichts Greifbares. Keine großen Überraschungen. Auch nichts, was abenteuerlich anmuten konnte. Lediglich einige kleine Erkenntnisse, die bewiesen, wie sehr er mit vollem Herzen an der Fischerei hängt. Jeden Tag aufs neue. – Du weißt am Morgen nie, was aus dem Wasser kommt.

Obwohl ich mich mit Paolo recht gut verstand, war es mir nicht gelungen, in seine tieferen Gedankengänge einzudringen. Ohne dies würde ich ihn jedoch nicht wahrhaft kennen. Ich würde auch nur oberflächlich wahrnehmen, was er tat, und nur oberflächlich ahnen, warum er es tat.

Ich wußte einfach zu wenig über ihn. Über ihn als Mensch. Und zu wenig aus seinem Leben. Das galt es nachzuholen.

Von mir aus Paolo noch einmal zu befragen, schien nach meinen bisherigen Erfahrungen zu riskant. Er hatte mich schließlich einmal stehen lassen. Keine Antwort auf meine Frage gehabt. Selbst wenn ich berücksichtigte, daß ich ziemlich plump vorgegangen war, blieb doch die Tatsache des reservierten Verhaltens von Paolo bestehen, wenn es darum ging, die eigentliche

Kernfrage zu beantworten. Nämlich, warum er Fischer am Capo geworden ist. Ob und wieweit er meine Frage auch bei geschickterem Verhalten beantwortet hätte, blieb ohnehin dahingestellt. Wie immer ich auch weiterhin vorginge, Paolo würde ich auf alle Fälle vorläufig nicht mehr mit Fragen bedrängen. Folglich müßte es eine andere Person sein, die mir einiges über ihn erzählen könnte. Nur so schien ich aus der augenblicklichen Zwickmühle herauszukommen. Denn trotz all meiner Anstrengungen kam ich auf meinem Weg nicht weiter. Und Paolo war offenbar nicht bereit, zuviel von sich preiszugeben. In dem Gedankenaustausch zwischen mir und Paolo schien eine Grenze erreicht. Eine andere Person aber könnte die Brücke schlagen, die ich brauchte, um weiterzukommen. Jemand, der Paolo außerordentlich gut kannte. Es galt gut zu überlegen.
Als ersten dachte ich an Paolos Freund Mario. Doch der schien mir zu sehr auf Rücksichtnahme gegenüber Paolo bedacht. Ich konnte mir nicht vorstellen, daß er meine zugegeben nicht einfachen Fragen freizügig beantwortet. Er würde mir zwar einiges erzählen, aber dabei die Intimssphäre von Paolo völlig unangetastet lassen. An ihn werde ich mich nicht wenden.
So fiel mir letztlich nur Antonio ein, der Hotelwirt, bei dem ich früher gewohnt hatte. Und je mehr ich darüber nachdachte, um so besser gefiel mir mein Vorhaben, mich mit Antonio intensiv über Paolo zu unterhalten. Antonio hatte einige klare Vorteile aufzuweisen, die ich nutzen sollte. Er kannte Paolo bestens. War jedoch nicht so eng mit ihm vertraut wie Mario. Antonio könnte also leichter und ungezwungener über Paolo plaudern. Bisher hatte ich mich mit Antonio immer nur kurz unterhalten. Aber ich war sicher, daß er wesentlich mehr mußte, als er bislang preisgegeben hatte.
Meine Überlegungen waren klar. Jetzt galt es, sobald wie möglich ein Treffen mit Antonio zu arrangieren.
Und gerade hierbei kam mir ein ungemein günstiger Umstand zugute. Antonio hatte mich am Abend in der Nähe der Bar Al Molo gesehen und steuerte geradewegs auf mich zu, ohne daß

ich ihn selbst wahrgenommen hatte. Ohne lange Umschweife fragte er mich, ob ich mir nicht die neuen Pläne zum Umbau des Hotels La Brise in ein Appartementhaus ansehen wollte. Ich würde ja die alten Räumlichkeiten gut kennen und könnte deshalb die neuen Verhältnisse bestens mit den bisherigen vergleichen.

Ich zögerte keine Sekunde, auch wenn ich sofort wußte, daß Antonio in erster Linie Interessenten zum Kauf seiner Appartements suchte. Aber einmal abgesehen davon, daß ein Kauf bei der herrlichen Lage des Anwesens durchaus seinen Reiz hätte, wäre ein Treffen mit Antonio eine unwahrscheinlich gute Gelegenheit, um über Paolo zu plaudern. Seine Einladung auf einen Nachmittagskaffee nahm ich auf der Stelle an und bedankte mich dafür. Als Treffpunkt vereinbarten wir die Bar Conchiglia, in der ich bereits ein Treffen mit Mario hatte.

Ich mußte wirklich sehr froh hinsichtlich der zufälligen Einladung sein. Sie hatte mir einige Umstände erspart, und gegen vier Uhr nachmittags war ich in der Bar von Barbara. Antonio war bereits anwesend. Er ahnte überhaupt nicht, daß mein Augenmerk diesmal weniger den Bauplänen des Hotel La Brise, als vielmehr – und das fast ausschließlich – Paolo galt. Beim Eintreten fragte ich mich einen Augenblick, ob mein Ansinnen Antonio gegenüber fair war. Auf der einen Seite bei Antonio die Baupläne und das Verkaufsinteresse. Auf meiner Seite die Wißbegier um alles, was Paolo dazu veranlaßt haben könnte, Fischer am Capo zu sein.

Letztlich überwog meine Neugier, endlich mehr als bisher über Paolo erfahren zu können, und ich versuchte, meine Bedenken, Antonio gegenüber nicht von Anfang an offen gewesen zu sein, wegzuwischen.

Antonio saß im hinteren Teil des Lokals, der, ein paar Tritte erhöht, durch eine offene Tür vom Lokal abgesondert ist. Er hatte bereits einen Espressos vor sich stehen und kaute an einem Stück focaccia. Den Bauplan für den Umbau des Hotels hatte er neben sich auf dem Billardtisch ausgebreitet. Als er mich kommen sah, erhob er sich sofort, legte das focaccia beiseite, rückte seinen Stuhl zum Billardtisch und bat mich, neben ihm Platz zu nehmen.

„Die neuen Balkone am La Brise müßten Sie du sehen. Wesentlich größer als zuvor. Bei *der* Aussicht aufs Meer. Phantastisch!"

Ich mußte mich ziemlich stark konzentrieren, denn meine Gedanken waren zugegebenermaßen woanders. Eine ganze Weile lauschte ich seinen Ausführungen. Einerseits wollte ich nicht zu unhöflich sein, und zum anderen waren seine Erklärungen auch recht aufschlußreich für mich. In Gedanken ging ich mit Antonio noch einmal durch das Haus, das ich bestens kannte und in dem ich über Jahre schöne und interessante Stunden verbracht hatte.

Doch dann benutzte ich eine kleine Pause, die er einlegte, um das Gespräch auf Paolo zu lenken. Schließlich hatten wir uns in früheren Jahren öfter über die Fischer unterhalten. Ich war schon ein wenig verlegen, da ich doch nicht ahnen konnte, wie Antonio reagieren würde, und entschuldigte mich für das Abgleiten des Gesprächs.

„Paolo. Hhm, hhm. Paolo."

Antonio hatte die ganze Zeit dagesessen und den Oberkörper über die Pläne gebeugt. Jetzt richtete er sich auf, und ich glaubte einen Augenblick, er wolle unser Gespräch beenden. Er nahm seinen Stuhl wieder zurück an den Tisch, an dem er vorher gesessen hatte. Doch dann machte er eine einladende Handbewegung, indem er auf den freien Stuhl auf der anderen Seite des Tisches zeigte. Ich registrierte nebenbei, daß dies der Tisch war, an dem ich die Fischer schon häufig gesehen hatte, wenn sie bei schlechtem Wetter nicht ausfahren konnten und dann zum Zeitvertreib die Spielkarten beim scopa laut und temperamentvoll auf den Tisch hauten.

Indes war ich froh, daß Antonio mir den Gefallen tat, unsere Unterhaltung in der von mir gewünschten Richtung fortzuführen, ohne sich irgendeinen Unmut darüber anmerken zu lassen. Und Antonio hatte nach einigen Andeutungen von mir

auch bald verstanden, daß ich mehr von ihm über Paolo wissen wollte als Nebensächlichkeiten.
„Paolo ist ein ganz besonderer Fall.“
Antonio schaute sich vergewissernd um, ob wir ungestört waren.
„Si, si, Paolo.“ Er hob den Zeigefinger. „Nun gut. Einiges, was ich über ihn kenne, weiß ich von ihm selbst. Manches auch vom Hörensagen. Wir sind schließlich hier im Ort wie eine einzige große Familie. Mein Großonkel, der Dorfarzt war, hätte mit Sicherheit mehr sagen können. Aber er ist leider 1988 verstorben. Na ja, vielleicht hätte er sich auch wegen der Schweigepflicht eines Arztes bedeckt gehalten. Ich versuche es also, so gut es geht.“
Ich war erleichtert. Antonio hatte es mir nicht übel genommen, daß ich mein eigenes Anliegen und nicht das seine in den Mittelpunkt unserer Unterhaltung stellte. Und so erfuhr ich in den nächsten zwei Stunden Dinge, wie ich sie mir interessanter nicht vorstellen konnte. Es war, als ob ein spannender Film vor mir abrollte. Als ob jemand einen Vorhang beiseite zöge und ich plötzlich Zeuge einer packenden Handlung würde. Ich wurde zurückversetzt in die sechziger Jahre:

Der sechzehnjährige angehende junge Mann am Frühstückstisch der angesehenen bürgerlichen Familie B. in Ponte Decimo, einem Vorort von Genua, hat es immer eilig. Sein ungezügeltes Temperament schlägt in allem durch. In der Schule. Auf der Straße. In der Familie. Auch das Frühstück geht ihm nicht schnell genug zu Ende. Er schaut sich bereits unruhig um. Beugt sich tiefer zum Tisch hin und schlingt die bestrichenen Brote hastig hinunter. Das lockige Haar hängt ihm in der Stirn. Die Augen sind hellwach aufgerissen und wandern hin und her.
„Laufe heute bitte nicht so schnell weg, Paolo. Wir werden mal wieder darüber reden müssen, was du studieren sollst.“ Die Mutter des ungeduldigen jungen Mannes hat ihre Hand auf seinen Arm gelegt und redet eindringlich.

„Ich weiß nicht, was ich später machen will, Mutter."
„Irgend etwas Vernünftiges muß es doch sein. Ich habe dir schon so viele Vorschläge gemacht."
„Ja. Aber da war nichts dabei, was mich interessieren könnte." Unwirsch winkt Paolo ab.
„Du könntest Lehrer werden, wie Vater es früher war."
„Nichts für mich, Mutter."
„Du könntest es dabei weit bringen."
„Wirklich nichts für mich."
„Auf der Bank, auf der er arbeitet, könnte Vater dich bestimmt unterbringen."
„Wie langweilig."
„Oder vielleicht Advokat. Das ist ein hoch angesehener Beruf."
„Ich möchte mich nicht mit den Problemen anderer herumschlagen."
„Arzt willst du ja auch nicht werden."
„Nein. – Ich muß jetzt gehen. Ich habe versprochen, am Strand am Capo Mele zu helfen."
„Giuseppe! Sag du doch mal was!" Die Mutter mühte sich und wußte nicht weiter. Vater Giuseppe legte die Zeitung beiseite und schaute abwechselnd seinen jüngsten Sohn Paolo und seine Frau Violantina an.
„Paolo. Du solltest wirklich..."
„Vater, bitte nicht wieder diese langatmigen Erklärungen!"
„Wir könnten miteinander diskutieren."
„Das haben wir schon so oft getan. Stundenlang! Tagelang! Es bringt nichts!"
„Aber es geht um dein Glück. Einzig und allein um dein Glück. Es ist wirklich wichtig..."
„Wichtig ist jetzt im Augenblick nur, daß ich den Zug erwische."
„Der Zug zu den jungen Engländerinnen." Sein Bruder Franco hatte sich eingemischt.
„Haa, haa!" Paolo verzog sein Gesicht.
„Oder etwa nicht?"
„Das ist nichts für dich, Franco."

Der Ellbogen, den Paolo daraufhin in die Seite erhielt, war für ihn noch ein Grund mehr, schnell aus dem Hause zu verschwinden. Seine Mutter hob vor Verzweiflung die Arme in die Höhe. Man sah ihr die Ratlosigkeit an. Paolos Vater machte eine Geste, die etwa bedeuten sollte: Da kann man gar nichts machen. Der Junge will offenbar nicht.

* * *

An dem großen, hellen, viereckigen Bahngebäude in dem Ort am Capo Mele wartete bei seiner Ankunft bereits sein Freund Mario.
„Alles in Ordnung?"
„Ja, nur mein Bruder Franco ..." Paolo vollendete den Satz nicht vollständig.
„Komm. Laß Franco. – Du, da sind zwei Neue am Strand. Die eine ist so was von scharf, sage ich dir. Du kannst es dir nicht vorstellen. Und die andere." Er dreht sich um. Tanzt vor Paolo herum, grinst und wedelt mit den Händen. „Die andere, die pudert sich überall am Körper. Komm jetzt schnell!"
Die beiden großen Jungen stürmten davon. Über die Straße Richtung Strand. Vorbei an den großen Häusern. Nur wenige hundert Meter, und sie waren bei Bagni Molo, einem Badestrand, unmittelbar an der Mole gelegen.
Sie hatten beide in der Feriensaison einen Job angenommen. Mario als bagnino und Paolo als assistente.
Außer Atem bei Bagni Molo angekommen, begannen sie sofort, den Strand gründlich zu säubern. Mit einem langen, engzahnigen Rechen zogen sie jedes Partikel, das nicht dorthin gehörte, aus dem Sand. Der etwas vierzig Zentimeter breite Rechen zog auf dieser Breite kleine Furchen. Jeder fertige Strandabschnitt sah aus, als habe gerade ein Sandriese sein Haar gekämmt. Den Unrat schaufelten sie in eine Schubkarre. Einer von ihnen fuhr

sie zu einem abseits liegenden Haufen, der von Zeit zu Zeit auf eine Abfallstelle abgefahren wurde.
Die Liegestühle nahmen sie aus einem Schuppen. Stellten sie auf. Akkurat nebeneinander. Danach bohrten sie die Sonnenschirme in den Sand. Wenn die ersten Gäste eintreffen, wird alles bereit sein.
„Paolo! Siehst du die etwas pummelige Frau mit dem rötlichen Haar. So etwa vierzig?"
„Ja, was ist mit der?"
Mario spricht unauffällig und schaut nicht hin.
„Die Kleine, direkt hinter ihr. Das ist die, die sich überall pudert. Siehst du sie?"
„Die Hellhaarige?"
„Ja. Genau die."
„Ich werde sie nachher mal fragen, ob alles o.k. ist. Vielleicht läßt sich was machen."
„Vielleicht für heute abend?"
„Mal sehen."
„Paolo! Schau mal! Sie geht ins Wasser."
„Hmm. Nicht schlecht."
„Was hab ich dir gesagt."
„Du hast recht. Wie sie herüberschaut."
„Die hat schon Feuer gefangen, ehe wir etwas zu machen brauchten."
„Gut möglich."
„Du kannst ihr ja nachher beim Abtrocknen helfen."
„Ich mache erst mal auf freundlich bei der Dame daneben. Das ist wohl die Mutter. Dann ist das andere ein Kinderspiel."
„Gut, Paolo. Ich halte nach der anderen Neuen Ausschau. Die wird auch bald kommen. Allerdings mit Mutter und Vater."

Die Hellhaarige, wie Mario sie nannte, war unter den englischen Mädchen eine auffällige Schönheit. Nicht so geschmacklos in der teilweise faden Kleidung, in der sich die meisten der anderen gaben. Ihr Badeanzug saß wie maßgeschneidert und unterstrich die angenehmen, wohlgeformten Rundungen ihrer Figur. Sie bewegte sich selbstsicher. Aber ohne Arroganz. Nicht extravagant. Nicht aufreizend. Und doch mit der Art Charme, der angeboren scheint. Wahrscheinlich war sie aber gerade wegen ihrer geschmackvollen Art davon überzeugt, daß sie unter den Mädchen am Strand auffiel.

Ihr Näschen rümpfte sie beim Hineingehen ins Wasser so auffallend, daß jeder, der ihr zusah, ihr anmerkte, wie sie die fühlbare Kühle des ersten Augenblicks im Wasser zu unterdrücken versuchte. Dabei schaute sie mit blitzenden Augen rechts und links um sich, als würde sie von irgendwoher Hilfe beim Eintauchen erwarten.

Paolo hatte dies alles sorgsam und gut registriert. Wie zufällig stand er deshalb bald am Ufer und spritzte das junge, hellhaarige Mädchen mit kleinen Schlägen auf die Wasseroberfläche an. Es war ihm nicht entgangen, wie sie dabei angeblich erschrocken, jedoch mit nicht zu verkennendem, laut vernehmlichem Entzücken reagierte. Mit einem glockenhellen Kichern, das aber sehr angenehm anzuhören war. Paolo seinerseits beließ es bei diesem ersten Kontakt gefühlvoll bei den kleinen Badespritzern und zog sich höflich zurück.

Von dem andauernden Pudern, von dem Mario berichtet hatte, bemerkte er bisher nichts. Es hätte ihn ohnehin nicht gestört, denn das Pudern in allen möglichen Farben war unter den englischen Mädchen anscheinend ein Ersatz für französisches Eau de Toilette. Ob also mit oder ohne Puder, es war ihm egal. Die Kleine hatte Klasse. Daran gab es nichts zu deuteln.

Paolo war es auch nicht entgangen, daß ihre Mutter jeden Mittag etwa gegen 12 Uhr ein paar Sandwiches aus der Bar Al Molo besorgte. Geschickt paßte er eine Gelegenheit ab, um sich höflicherweise anzubieten, die Sandwiches aus der Bar zu besorgen. Wie sich zeigte, war dies genau die richtige Geste, um bei der Mutter des jungen Mädchens in bester Gunst zu stehen. Von diesem Augenblick an hatte die Dame stets ein liebenswertes Lächeln für Paolo bereit, wo immer sie ihn sah. Paolo

seinerseits revanchierte sich, indem er in den nächsten Tagen pünktlich gegen 12 Uhr anfragte, welche Sandwiches die beiden Damen an diesem Tag haben wollten.
Das junge Mädchen, von dem er längst wußte, daß sie Susan hieß, ließ sich morgens mit Wohlgefallen ihren Liegestuhl so herrichten, daß sie mit dem Gesicht zur Sonne darin sitzen konnte, und genoß sichtlich den Aufwand, den Paolo dabei trieb. Bei allen Aufmerksamkeiten für die junge Dame mußte er nach außen hin den Eindruck erwecken, daß er nur allgemein höflich zu ihr war. Schließlich war es ihm untersagt, bestimmte Gäste zu bevorzugen. Mit geschickten Handreichungen verstand es Paolo jedoch, die Gunst von Susan und ihrer Mutter weiterhin zu erhalten. Sie sollten beide merken, daß sie ihm nicht gleichgültig waren.
Gerade vier Tage waren Susan und ihre Mutter an der Küste und kosteten den Badeurlaub an dem gepflegten Strandabschnitt beim Bagni Molo unter den Aufmerksamkeiten von Paolo in vollen Zügen aus. Den jungen assistente hatten sie in ihre englischen Herzen geschlossen. Sie konnten sich ihren Urlaub einfach nicht mehr ohne den jungen Mann vorstellen. Susan begrüßte ihn morgens als erstes, sobald sie am Strand erschien, mit auffallender Herzlichkeit. Und auch ihre Mutter ließ ihn bei jeder Gelegenheit merken, daß er ihre volle Sympathie genoß. Der Urlaub am Capo Mele hatte für Susan und ihre Mutter durch Paolo einen Touch von liebenswerter Vertrautheit gefunden, wie sie es sich in ihren Vorstellungen gewünscht hatten.
Paolo wähnte die beiden abends bereits in ihrem Hotel, als er damit beschäftigt war, die Badekabinen zu säubern. Ohne daß er irgend jemand bemerkt hatte, fühlte er plötzlich einen leichten Druck auf seiner Schulter. Als er sich umdrehte, stand Susan vor ihm. Ihre großen Augen schauten ihn aus einem still strahlenden Gesicht an. Sie hatte die Tür der Kabine hinter sich zugezogen, so daß niemand sie sehen konnte.

Diese für ihn ungewöhnliche Situation, in der er sich ein wenig in die Defensive gedrängt fühlte, und das Leuchten der Jungmädchenaugen lösten in Paolo im ersten Augenblick eine völlige Verwirrung aus. Bei allem gewohnten Flirten am Strand fühlte er sich in diesem Moment, als Susan ihm in dem engen Raum gegenüberstand, höchst verlegen. Kein Schimmer mehr von der Selbstsicherheit des jungen Mannes, der ansonsten trotz seiner jungen Jahre eher lässig jeder Lage gewachsen schien.

„Susan?" sagte er deshalb auch erstaunt.

„Jaah", hauchte sie. „Es ist schön, daß du Susan zu mir sagst. Die meisten Freunde sagen Susie. Aber das mag ich nicht. Es klingt so kindlich. So unreif. Sag du bitte Susan."

Sie hatte ihren leichten Bademantel noch um ihre Schultern geschlungen und halb geöffnet. Leicht und locker herunterhängend. Ihre teilweise verdeckte Figur gewann zudem noch an Reiz, als er nur die Andeutungen ihres Körpers sehen konnte. Sie machte auch keinerlei Anstalten, den Bademantel zu schließen, und strahlte Paolo nur fortwährend an. Langsam nahm sie seine Hände und blieb einen Augenblick ganz ruhig vor ihm stehen. Ihre Augen schienen größer als je zuvor. Dann zog sie ihn mit sich hinunter auf den Fußboden der Kabine. Widerstandslos folgte er ihren Bewegungen. Er merkte, wie ihm heiß wurde. Wie er schneller atmete. Die Verwunderung konnte er so schnell nicht ablegen. Er hatte Susan ganz nah vor sich. Gesicht an Gesicht. Dieses zauberhafte Wesen mit seinem wunderschönen hellen, langen Haar und seinen klaren Augen. Er spürte ihre Hände und erwiderte deren leichten Druck. Seine Knie berührten die ihren und schienen ihre Kraft zu verlieren. Er hatte plötzlich das Bedürfnis, ihre hellen Haare anzufassen. Löste eine Hand und fühlte die langen Strähnen. Erst ganz zart. Mit den Fingerspitzen. Dann merklich fester. Nahm die welligen Locken in seine rechte Hand. Sie waren weich und angenehm zu fühlen. Es ist unwahrscheinlich schön, dachte er, wenn das Haar eines Mädchens so wohlig weich ist.

Er ließ seine Hand an ihrem Körper entlang gleiten und nahm an dem Vibrieren ihrer Lippen und ihrer Haut wahr, wie sich ihre Erregung steigerte. Seine Hand berührte ihre Brüste, die sich unter dem Badeanzug fest und wohlig anfühlten. Er glitt weiter hinunter bis dahin, wo der Badeanzug endete. Innen an ihren Schenkeln streichelte er sie genau am Ende des Badeanzuges und fühlte die zarte Stelle ihrer Beine. Erst kicherte Susan leise. Doch dann überfiel sie ihn mit wilden Küssen. Paolo hatte niemals in seinem Leben eine solche Lust und Erregung in sich gefühlt und war fast von Sinnen.
Es darf uns niemand hier finden, schoß es ihm durch den Kopf. Nicht hier am Strand. Nicht hier, wo er arbeitete. Das wäre das Ende. Unweigerlich das Ende seiner Arbeit und auch das Ende seiner Zuneigung zu Susan. Weder sein Arbeitgeber noch die Mutter von Susan hätten für ihr Tun am Strand Verständnis.
„Susan! Nicht hier! Laß uns heute abend nach dem Essen gemeinsam nach Arâsce gehen. Dort werden wir allein sein können. Glaub mir, es ist besser."
Es war eine verlangende Traurigkeit, die aus ihrem hübschen Gesicht sprach. Trotzdem nickte sie. Gab ihm einen flüchtigen Kuß und beeilte sich wortlos, die Kabine und den Strand zu verlassen. Paolo wußte in diesem Augenblick nicht, ob er Susan gewonnen oder verloren hatte.

* * *

Zur gleichen Zeit, in der Paolo als Jugendlicher seine kurzweiligen Stunden und sein erstes ernst zu nehmendes Liebesabenteuer am Strand am Capo Mele erlebte, in dieser gleichen Zeit tummelte sich ein Franzose bereits seit einigen Jahren in dem gleichen Mittelmeer. In der gleichen See, die Paolo täglich vor Augen hatte. In dem gleichen Wasser, in dem Paolo selbst täglich schwamm, erlebte dieser Franzose mit seiner Mannschaft kaum für möglich gehaltene, faszinierende Abenteuer. Jacques-

Yves Cousteau, der gelernte Artellerieoffizier, erforschte mit seinem Expeditionschiff „Calypso“ die Tiefen des Meeres.
Bereits 1957 hatte dieser Mann mit spektakulären aber doch realen Vorstellungen Abschied von der französischen Marine genommen. Es war ein Abschied in eine neue Welt hinein. In die Unterwasserwelt. In die Welt des Meeresbodens. Es war aber auch ein Abschied, um sich seinen eigenen Lebenstraum zu erfüllen.
Als Leiter des Ozeanographischen Museums in Monaco und Präsident der World Underwater Federation, die die freien Taucher aus dreißig Ländern vertrat, brach er zu seinen Unternehmungen auf, die neue Dimensionen eröffneten.
Seine Bilder von einer bis dahin nie gekannten Schönheit der Unterwasserwelt, die seit Beginn seiner Forschungstätigkeit um die Welt gingen, erreichten auch Paolo. Diese Bilder waren so aufregend, daß der Junge aus Ponte Decimo neben seinem enthusiastischen Einsatz als Badeassistent und neben seinem eifrigen Bemühen um das Mädchen Susan jeden Zeitungsartikel über die „Calypso“ und ihre Mannen in sich hineinsaugte.
Er weiß sehr schnell alles Wesentliche über das ehemalige Minensuchboot, das mit Unterstützung eines englischen Mäzens zu einem bis dahin nie gekannten Standard als Forschungsschiff umgebaut worden war.
Er kennt die Maße des Schiffes auswendig: Länge 43 Meter, Breite 7,15 Meter, Raumvolumen 329 Tonnen.
Er weiß, daß das Schiff einen doppelt beplankten Holzrumpf und ungewöhnlich eng sitzende Spanten hat. Daß es mühelos zu manövrieren ist und die Motoren und Schiffsschrauben 10,5 Knoten bringen. Er weiß auch, daß das Schiff gut 30 Personen Platz bietet, die sich bei der umfangreichen Schiffsausrüstung freilich sehr einschränken müssen. Daß das Schiff mit seinem geringen Tiefgang für schwierige Passagen bestens geeignet ist.
Und Paolo weiß etwas faszinierendes, nämlich, daß man vorne am Bug durch einen Metallschacht hinunter in einen Beobachtungsraum gerät, der unter der Wasserlinie liegt, und daß man

von dort durch fünf Bullaugen mühelos beobachten und filmen kann.
Er hat von Mini-U-Booten der „Calypso“ gelesen, die man tauchende Untertassen nennt und die unsinkbar sind. Außerdem von modernsten Radareinrichtungen. Von einem geschlossenen Fernsehsystem, mit dem die Vorgänge von unter Wasser an Bord beobachtet werden können. Und von einem Ultraschalltelefon als Verbindung untereinander. Von neuesten Kameras mit starken Scheinwerfern und von vielen anderen interessanten Dingen mehr.
Das Wirken von Jacques Cousteau mit seinem Forschungsschiff hatte auf Paolo einen solch starken Eindruck hinterlassen, daß ihn die Faszination, die davon ausging, nicht mehr losläßt.
Das ganze spielt sich ja praktisch vor seiner Haustüre ab. In seinem Mittelmeer.
Wie gerne hätte er im Beobachtungsraum gesessen oder wäre mit den Tauchern hinabgestiegen zu unentdeckten Tieren und Pflanzen. Und wie gerne hätte er Haie und sonstige große und kleine Fische aus nächster Nähe beobachtet.
Hätte Jacques Cousteau vielleicht gewußt, mit welchem Eifer dieser junge Mann seine Abenteuer und wissenschaftlichen Erkenntnisse verfolgt. Und hätte Cousteau vielleicht auch gewußt, um welch intelligenten Jungen mit großen technischen Fähigkeiten es sich bei Paolo handelte. Welch scharfen Verstand er hatte. Wie dynamisch er war und wie flexibel er reagieren konnte. Und daß dieser Junge außerdem ein großes Talent für Fremdsprachen besaß. Vielleicht hätte er ein Auge auf ihn geworfen. Vielleicht hätte er ihm in ein paar Jahren ein Zeichen gegeben, daß er ihn gerne auf seinem Boot hätte. Auf der „Calypso“. Auf dem sagenhaft anmutenden Forschungsschiff.
Wenn es darum ging, hinaus zu schwimmen oder längere Strecken zu tauchen, dann konnte kaum jemand mit dem Jungen mithalten, der auf den Namen Paolo hörte. Das Wasser war das Element, in dem er sich wohl fühlte. Und Jacques

Cousteau wäre bestimmt nicht schlecht beraten gewesen, ihn in seiner Crew zu haben.

* * *

Paolo hatte inzwischen ein Studium am Istituto Tecnico Professionale per Chimici Industriali aufgenommen. Für sein Verständnis war dies nur irgendein Studium, das er außerhalb der langen sommerlichen Ferienzeit und auf Wunsch der Eltern absolvierte. Lediglich der Besuch irgendeiner Hochschule, ohne daß ihm auch nur im allergeringsten klar war, wie sich eine berufliche Tätigkeit einmal für ihn gestalten könnte. Der Studienschwerpunkt Chemie war von ihm einfach mal gewählt, ohne daß dies grundlegend etwas für ihn bedeutete. Was auch immer er werden sollte, das stand nur in den Sternen. Jedenfalls stand es noch nicht in Paolos Kopf. Und das Strandleben war auch nicht gerade förderlich, sich über nüchterne Alltagsarbeit Gedanken zu machen. Warum sollte er eigentlich nicht immer am Meer leben? Warum sollte er nicht das Strandleben zu seinem Beruf machen? Auch wenn dies meilenweit von seinem Studienschwerpunkt entfernt war. So prickelnd wie das Treiben am Strand konnte wohl keine andere Arbeit sein. Wo gab es sonst schon so viele liebeshungrige Engländerinnen, und wo gab es schon sonst Susan?
Kein Wunder, daß Paolo hin und hergerissen war. Der Strand und Susan. Das Studium der Chemie. Und das Leben und Arbeiten eines Jacques-Yves Cousteau!

* * *

Die Urlaubstage für Susan neigten sich langsam dem Ende zu. Ein schmerzhafter Gedanke. Für Susan und für Paolo. Niemals in seinem noch jungen Leben hatte Paolo derart tief für ein

Mädchen empfunden wie für Susan. Seit ihrem Besuch in der Badekabine hatten sich beide nicht mehr aus den Augen gelassen. Die Tage schlichen dahin: Von der Sehnsucht genährt, sich am Abend und alleine treffen zu können. Sie durchlebten in den gemeinsamen Stunden ein überschäumendes Glücksgefühl, bei dem sie sich versprachen, ständigen Briefkontakt zueinander zu halten. Die Entfernung zwischen Italien und England sollte kein Hindernisgrund für das sein, was sie füreinander empfanden. Sie versprachen sich fest, sich gegenseitig zu besuchen, wann immer dies möglich sei. Sie gelobten sich Treue und unendliche heiße Liebe.
Am Vortag von Susans Abreise hatte Paolo sie zu einem Kinobesuch nach Genua eingeladen. In dem abgedunkelten Raum des Kinos wollte er Susan ein letztes Mal in diesen Ferien in den Armen halten können. Ein letztes Mal ihren Körper nah an dem seinen spüren. Sie ein letztes Mal während ihres Ferienaufenthaltes küssen können.
Er hatte einen englischsprachigen Film ausgesucht, damit es für Susan keine Verständnisprobleme gab. Der Film „Mary Poppins" sollte Susan in die Zauberwelt der Phantasie entführen, in der auch ihre Liebe angesiedelt schien. Zu unglaublich war das gewesen, was sie beide gefühlsmäßig in diesen Tagen erlebt hatten. Es schien in der Tat eine Traumwelt. Eine unwirkliche Welt. Die Welt der Mary Poppins.
Während Susan zumindest zeitweise wie gebannt die Handlungen auf der Leinwand verfolgte und dazwischen immer wieder vor sich hin kicherte, konnte Paolo nur ausschließlich und allein daran denken, daß er Susan eine längere Weile nicht werde sehen können. Bis zu einem möglichen Wiedersehen werden Monate vergehen. Monate der Sehnsucht. Eine lange Zeit des Verlangens.
Susan saß gegen ihn gelehnt. Er roch ihr Haar und hielt sie fest. Seine Gedanken drehten sich ganz und gar um das bezaubernde Wesen an seiner Seite. Es war ihm, als hätte das Meer sie ihm an Land und in die Arme gespült, um sie mit ihm eine Weile im

Garten der Glückseligkeit wandeln zu lassen. Und um sie ihm dann zu entreißen. Die Filmhandlung flimmerte vor seinen Augen, die nur sporadisch das ein oder andere aufnahmen, ab.
„I do, what I like. And I like, what I do!"
Hatte Paolo richtig gehört? Wie aus einer anderen Welt war es zu ihm gedrungen. In einem marionettenhaften, nicht ganz fehlerfreien Englisch, jedoch klar und verständlich:

Chim, chimney,
Chim, chimney,
chim chim cheroo,
I do, what I like. And I like, what I do!

Es war Bert, der diese Worte gesungen hatte.
Paolo sagte sich diesen Satz vor, damit er sicher war, ihn begriffen zu haben.
„Ich tue, was mir gefällt. Und es macht mir Spaß, das zu tun, was ich mache!"
Das war ja phänomenal! Einfach und einleuchtend. *Das* mußte der Sinn seiner Arbeit sein. Nur zu tun, woran er Freude hat. In Spaß an der Arbeit leben. So mußte es sein. So und nicht anders. Das war das Stichwort, auf das er schon so lange gewartet hatte. Das, was gefällt, hatte im Vordergrund zu stehen. Nicht irgend etwas angeblich Vernünftiges. Er würde, ähnlich wie jetzt am Strand, künftig nur noch nach Dingen Ausschau halten, die er wahrlich mit Spaß erledigte. Er würde darauf achten, daß dies in seinem späteren Beruf so wäre. Und nun käme es nur noch darauf an, genau dies zu finden. Damit er tun konnte, was ihm gefiel; und damit ihm gefiel, was er tat.
Und wie zur Untermalung seiner Gedanken klang die gesungene Melodie zu ihm herüber: Chim chimney; chim chimney; chim chim cheroo.......
Er hatte sich aufrecht hingesetzt und für eine Weile Susan aus seinen Gedanken verloren.
„I do, what I like. And I like, what I do", stammelte er noch einmal vor sich. Da zuckte ein zusätzlicher Gedanke durch seinen Kopf: Das ist Jacques Cousteau und seine Arbeit. Er tut

das, was er sich aus Freude daran ausgesucht hat. Das, wofür er die Marine verlassen hat. Und er hat Tag für Tag Spaß an seiner Aufgabe.
„Was hast du?"
Susan war es trotz ihrer Konzentration auf den Film nicht entgangen, daß irgend etwas in Paolo vor sich ging. Ihr weiblicher Instinkt hatte es sie spüren lassen. Paolos Aufmerksamkeit galt im Augenblick nicht mehr nur ausschließlich ihr.
„I do, what I like. And I like, what I do", flüsterte Paolo.
„Wie bitte?"
„Ich tue, was mir gefällt, und ich will Spaß an dem haben, was ich tue. So wie Jacques Cousteau."
Die letzten Worte hatte er laut und voller Begeisterung aus sich herausgeschleudert. Einiges Zischen um ihn herum gab ihm zu verstehen, daß er sich bitte ruhig verhalten solle.
„Was hat dieser Franzose, der Cousteau, damit zu tun?" Susan hielt die Hand hohl geöffnet vor den Mund, um nicht allzusehr zu stören.
„Sehr viel! Und ich, liebe Susan, ich möchte eines Tages ein kleiner Jacques Cousteau sein. Auf meine Weise, ein kleiner Jacques Cousteau."
„Und ich, Paolo? Ich?"
„Du? Du sollst dabei eine große Rolle spielen. Eine entscheidende Hauptrolle."
Und er nahm sie noch fester in den Arm wie zuvor, zog sie rücklings nieder auf seinen Schoß und küßte sie zum Entsetzen der neben ihnen sitzenden Zuschauer derart wild, daß ihre Lippen brannten und Susan, teils sich wehrend, teils vor Begeisterung geschüttelt, mit den Beinen in schneller Abfolge wippende Bewegungen vollführte.

Antonio hatte in seinen Erzählungen innegehalten und sich zurückgelehnt. Er schaute einen Augenblick hinüber zu Barbara an die Theke und hob den Arm mit zwei gespreizten Fingern hoch.

„Due limoncelli, per favore."
Dann wandte er sich wieder zu mir. Vermutlich war er von seinen eigenen Worten so gebannt, daß er sofort weiterfuhr, während Barbara die halbhohen Gläser mit dem gelben Inhalt still lächelnd vor uns stellte.

„Weißt du, Susan und die anderen Engländer und Engländerinnen hatten auch einen greifbaren Vorteil. Paolos Englisch, daß er von der Schule her konnte, wurde von Tag zu Tag besser. Praxisnah. Hautnah und praxisnah.
Paolo wäre nicht Paolo gewesen, hätte er sich nicht zusätzlich vehement auf die Verbesserung der Sprache gestürzt. An der Abendschule studierte er nebenbei Englisch, um die Sprache zu vervollkommnen. Ehrgeizig und mit Akribie. Neben dem abendlichen Trubel. Neben dem Flirten mit den englischen und italienischen Mädchen. Neben dem übermütigen Herumtollen mit den gleichaltrigen Jungen. Er zweigte sich die Zeit ab und perfektionierte seine englischen Sprachkenntnisse. Und das von seinem eigenem verdienten Geld als assistente.
Und der Junge, der am morgendlichen Frühstückstisch nicht schnell genug fertig werden konnte, legte genau auf diesem Tisch eines Morgens der staunenden Familie sein Englischdiplom vor. Genau gesagt: Das, Italian-American-Diplom der Universität von Michigan/USA! Was seine stolzen Eltern dazu veranlaßte, ihm die Studienkosten zu ersetzen.

Der Rummel als assistente am Strand ging nun für ihn schon in die zweite Saison. Das Thema späterer Beruf wurde immer brennender. Das Drängen der Eltern, besonders der Mutter, immer größer. Die Diskussionen darüber mit ihr und seinem älteren Bruder Franco immer heißer. Und über allem stand eine Illusion: Eine Arbeit finden, wie sie Jacques Cousteau mit seinen Forschungsaufgaben gefunden hatte.
Nicht, daß Paolo unbedingt mit aller Macht gerne auf der ‚Calypso' gewesen wäre. Gerne ja. Aber nicht unbedingt. Es war

die Art und Weise, wie diese Männer ihre Arbeit verrichten konnten, die ihn faszinierte. Arbeit in seinem, Paolos Element, dem Wasser des Meeres. Ständig auf der Suche nach Unbekanntem. Immer wieder mit neuen Dingen konfrontiert. Das mußte Lust, das mußte Befriedigung allerhöchsten Ausmaßes sein. So etwas ähnliches wollte er tun."

Antonio verzog plötzlich sein Gesicht. Hinterhältiges Grinsen war mit Spitzbübigkeit gepaart.
„Lust", sagte er nochmals. „Befriedigung allerhöchsten Ausmaßes."
Im ersten Augenblick dachte ich, er wollte die letzten Worte seiner Ausführungen nur noch einmal bestätigen. Aber das hinterhältige Grinsen in seinem Gesicht hielt an.
„Hm, hm... Hm, hm... Paolo und Susan. Eigentlich hätte ich anstatt der limoncelli zwei anici siciliani bestellen sollen. Das hätte treffender zur Situation gepaßt."
Er grinste noch einmal vor sich hin und wurde dann jedoch fast wehmütig nachdenklich.
„Die Liebesbriefe, die Paolo in den folgenden Monaten nach England schickte, waren heißer als glühende Kohlen. Es war zum Atemanhalten. Alles, was Paolo empfand, alles, was seine Phantasie hergab: Sehnsucht, Liebe, Leidenschaft und volle Lust, das schrieb er ihr. Er malte es aus wie ein Poet und wie nur ein sich vor Sehnsucht verzehrender Jüngling es ausmalen kann. Manchmal vierzig bis fünfzig Seiten für einen einzigen Brief! Eine unvorstellbare Fülle an Gefühlen und heißen erotischen Phantasien.
Von Susan kamen ähnliche Briefe zurück. Nicht so umfangreich. Aber genau so brennend. Beide schwelgten sie in glücklichen Gedanken und litten gleichzeitig unter der Trennung.
Paolo versteckte ihre Briefe in einer Kassette, die er stets abgeschlossen hielt. –
Ich glaube, Paolos Militärzeit war dafür ausschlaggebend, daß er und Susan sich nicht mehr sahen. Paolo mußte nach Viterbo

und nach Rom. Ich glaube auch nach Verona, in die Stadt der klassisch unglücklich Verliebten. Er hat die endgültige Trennung von Susan sicher sehr, sehr bedauert. Ich glaube sogar, daß Paolo unwahrscheinlich schwer darunter gelitten hat. Schließlich war es seine erste ganz große Liebe. – Aber: cosi é la vita. Es läuft nicht immer so, wie man es sich vorstellt.
Übrigens, den Schlüssel der Kassette mit den Liebesbriefen hat er irgendwann weggeworfen. Er wollte nie wieder in die Briefe hineinschauen. Ich glaube, er hatte Angst, daß alte Sehnsucht wieder aufreißt."

Antonio hatte sich erhoben. Ich wertete dies als Zeichen, daß seine Erzählung hier zu Ende sei. Doch als ich mich ebenfalls erheben wollte, bat er mich sitzen zu bleiben.
„Ich muß auch den anderen Teil noch schildern, sonst ist das Ganze unvollständig."
Er hatte wieder Platz genommen und dachte kurz nach, ehe er jetzt wesentlich ruhiger fortfuhr:
„Beruflich war dann alles anders gekommen, als Paolo es sich in seiner Phantasie ausgemalt hatte. Er erhielt nach dem erfolgreichen Chemiestudium sehr schnell eine gute Anstellung bei einer großen Company und ging für diese in die Schweiz. Aus dieser Zeit resultieren seine guten Deutschkenntnisse. Die Sekretärinnen sorgten auf mannigfache Art dafür, daß Paolo die Sprache in nur vier Monaten nahezu fließend beherrschte. Aus einem gleichzeitigen freundschaftlichen Kontakt mit einem jungen Mann aus Montevideo stammen seine ersten Spanischkenntnisse.
Als es ihn wieder zurück in die Heimat zog, übernahm er die Leitung eines Großlagers einschließlich der Disposition und des Versandes. Gesamtleitung der Logistik würde man heute dazu sagen. Es mag so ungefähr in dieser Zeit gewesen sein, als er seine jetzige Frau Delly heiratete. Delly stammt aus diesem Ort. Mit der Ehe war eine solide Basis für die weitere persönliche und

berufliche Entwicklung von Paolo gelegt. Die Familie war für ihn fester Bezugspunkt.
Ein Fotolabor-Großprojekt einer bedeutenden fotografischen Gesellschaft zum Aufbau einer Tochterfirma in Nizza war eine neue berufliche Station für Paolo und dauerte einige Jahre. Es forderte seine ganze Kreativität. Bestätigte ihm auch gleichzeitig sein überdurchschnittliches fachliches Können und zeigte ihm neue Wege auf.
Paolo hatte schnell die Zeichen der Zeit erkannt. Die Fotoentwicklungen, die damals in den Firmen eine große Rolle spielten, wollte er in diesen Firmen, an Ort und Stelle, durchführen. Eine schier revolutionierende Idee. Der Zeitgewinn, der dadurch zu erzielen war, wäre immes gewesen. Die Vormachtstellung im Gewerbe garantiert.
Paolo gründete eine eigene Firma und beschäftigte etliches Personal. Die Voraussetzungen waren phantastisch. Das Geschäft schien zu blühen. Es sah alles so aus, als ob Paolo bald ein ganz großer Boß sein sollte. Bis er eines Tages, für uns alle unerwartet, den Schritt an den Strand tat.
War es das tägliche Jagen nach immer wieder neuen Marktanteilen? Das ständige Hetzen und gehetzt werden? War es das schwierige Eintreiben der Finanzen? Irgend etwas gefiel ihm nicht an seinem bisherigen Leben. Er änderte es! Er hatte den Mut dazu. Den Mut zur radikalen Änderung.
Er trat ein in die Reihen derer, die jeden Tag ihre Netze zu Wasser bringen, um damit ihren Lebensunterhalt zu bestreiten. Ließ sich von Amerigo, einem erfahrenen Fischer, der in Argentinien geboren wurde, alles zeigen und erklären. Alles über die Netze, das Boot, die Fische, das Meer und die Wetterbedingungen. Er war ein gelehriger Schüler, der schnell die Zusammenhänge begriff und die Fangtechniken sogar nach eigenen Ideen fortentwickelte.
Es war nicht leicht, den einschneidenden Schritt der radikalen Veränderung des Lebens seiner Frau zu erklären. Es war zweimal nicht leicht, es seinen Eltern zu erklären. Alle, die wir

ihn kannten, staunten nicht schlecht. Aber er tat es. Er änderte das, was ihm nicht gefiel."
Antonio schwieg und nickte, als wollte er sagen: So ist Paolo.

Ich verließ Antonio und die Bar Conchiglia, da es mittlerweile bereits Abend wurde, mit einem Kopf voller Gedanken. Antonios Erzählungen hatten mir mehr gebracht, als ich zu hoffen gewagt hätte. Die Nebelschwaden auf dem Meer, die Paolo mit seinem Boot bisher eher verhüllten als freigaben, schienen sich nach und nach aufzutun. Das Licht der aufgehenden Sonne griff scheinbar mehr und mehr auf ihn über. I do, what I like. And I like, what I do. Lag es greifbar vor mir? Jedenfalls glaubte ich jetzt zum ersten Mal, auf dem richtigen Wege zu sein.

Der letzte riesige Fang?

An der Piazza del Bastione, nur wenige Meter neben dem Sarazenenturm, der als hohes, rundes Bollwerk direkt an den Häusern zur Uferpromenade hin steht und bei dem man den Eindruck hat, es könnte jederzeit noch ein Sarazene mit turbanumwickelter Pickelhaube, weiter Bundhose, langem Umhang und spitzen Schuhen daraus hervortreten; und auch nicht weit entfernt vom unteren Ende des fussau Croeju, an dessen Quelle die biscia fürba, eine listig schlaue Schlange, wohnt, dort setzte ich mich am Nachmittag auf die niedrige Mauer, um Lino zu erwarten. Hier mußte er vorbeikommen, wenn er calamari fangen wollte. Hier lag sein Boot. Und etwa zu dieser Zeit tauchte er auch meist aus dem Torbogen der schmalen Gasse direkt an der Piazza auf.

Ich hatte die Augen noch abwechselnd auf einige Dinge der nächsten Umgebung gerichtet: Einmal auf die hohen Häuser an der Piazza mit den alten, teilweise zugebauten Erkern, die wie Nester hoch oben kurz unter den Dächern kleben. Dann direkt neben mir auf den fussau Croeju und in Gedanken noch bei der stets lauernden, listig schlauen Schlange an der Bachquelle, von der die älteren Leute des Ortes gerne fabelhafte Geschichten erzählen, als mich jemand an der Schulter antippte. Es war Lino. In seiner großen, aufrechten Gestalt stand er neben mir. Das ehemals volle, hellblonde Haar im Mittelscheitel stark gelichtet. Um den Mund ein Lächeln.

„Ich habe das Foto mit dem großen Fisch an Paolo gegeben. Du siehst ihn ja öfter als mich."

Lino hatte den Grund erraten, warum ich hier auf ihn wartete.

„Du wirst sehen, es ist ein schönes Foto. Aber das gehört alles der Vergangenheit an. Das war früher. Das war einmal. Es gibt

fast nichts mehr. Auch Paolo ist heute nacht ohne das geringste nach Hause gekommen. Er hat versucht, calamari zu fangen.“ Wieder war dieser bedauernde Ton in der Stimme, der mir seit Tagen in den Ohren nachklang. Er winkte noch einmal, indem er den rechten Arm ausstreckte und die Hand ein paarmal öffnete und schloß, als ob er das Plappern der Lippen nachahmen wollte. Dann ging er zu seinem Boot, um die letzten Vorbereitungen zur Ausfahrt er zu treffen. Er schaute sich nicht mehr nach mir um. – Das war früher. Das war einmal. Laß uns nicht mehr von den alten Tagen erzählen.
Ich war ihm bei all seiner Betrübtheit dankbar für seinen Hinweis über den Mißerfolg von Paolo. Kein einziger Tintenfisch. Überhaupt nichts. Das war bitter. Besonders bitter für den ehrgeizigen Paolo. Das nagte an seinem Fischerstolz. Wenn es nur zwei oder drei gewesen wären. Gut, das müßte er dann hinnehmen. Aber gar nichts ist gar nichts. Irgendwo in den Fischerbars wird jemand eine abfällige Bemerkung fallen lassen. Und er wird nicht reagieren können. Er wird schweigen müssen, wenn er davon erfährt.

Nach Paolo brauchte ich an diesem Nachmittag nicht lange zu suchen. Kurz hinter der Mole stand er und schaute über das Wasser. Das Meer war ruhig. Nur ganz zart und behutsam spielte das Wasser vorn am Ufer, als hätte es Angst vor der Berührung mit dem Sand. Als könnte es ein Körnchen zuviel mit sich nehmen. Und in dieser Zartheit hatte es auch eine fast absolute Stille. Wie tunlichst jedes Geräusch vermeidend. Nicht stören wollend die friedliche eigene Ruhe, die sich von den Rufen der Urlauber abhob. Aber auch nicht verratend, ob und wo sich Fische aufhalten.
Bewußt werde ich zu Paolo kein Wort von dem sagen, was ich von Antonio über sein früheres Leben erfahren habe. Nicht hier am Strand. Das war nicht der richtige Ort und es war auch nicht der richtige Zeitpunkt, über solch tiefgreifende Dinge zu

sprechen. Das werde ich einmal tun, wenn wir beide losgelöst vom Treiben des Strandlebens zusammensitzen.
Und ich werde nichts davon erwähnen, daß mir Lino von seiner ergebnislosen Nachtfahrt erzählt hatte. Denn davon, daß ich darüber schweigen werde, mußte auch Lino ausgehen. Ich hätte ansonsten dessen Sympathien schnell verscherzt.
Das Foto war am heutigen Tag nur eine der Sachen, die in meinen Gedanken kreisten. Das Bild mit dem großen Fisch würde mir nicht davonlaufen. Ich hatte mir etwas viel wichtigeres vorgenommen, nämlich Paolo auf seinen früheren Partner Nino hin anzusprechen. Die zurückhaltende Art von Paolo, wenn die Rede auf die Zusammenarbeit mit Nino kam, war wie ein bohrendes Fragezeichen, das geradezu nach Klärung rief. Nino und Paolo. Ich ahnte tief bewegende Gründe in Paolos Verhalten. Bei all der sonstigen Reserviertheit von Paolo hatte die bloße Erwähnung von Ninos Namen vor ein paar Tagen durch Lino ein solch bewußtes Schweigen bei Paolo verursacht, daß dies für mich aussah, als ob er sich vor einer Erklärung sperrte. Ich war der festen Überzeugung, daß die Zeit mit Nino für ihn ungewöhnliche Erkenntnisse oder Ereignisse gebracht hatte. Ich werde vorsichtig vorgehen.
„Salve, Paolo."
„Salve, Hans. Ich habe das Foto mit dem großen Fisch von Lino bekommen. Die Kopie ist gut geworden."
„Ja, Paolo. Ich habe es schon gehört. Lino hat es mir gesagt."
„Ahh. – Ich habe das Foto aber zu Hause. Morgen bringe ich es hierher mit. Morgen nachmittag."
„Es eilt nicht. Obwohl es mich interessiert."
„Morgen erhältst du es sicher."
„Gut, gut, Paolo. Aber ich wollte eigentlich mit dir über etwas anderes sprechen. Vielleicht ist es nicht einfach, trotzdem möchte ich dich dazu befragen. – Wie war das damals, als du mit Nino zusammen die vielen orate gefangen hast?"

Paolo warf mir einen kurzen vorwurfsvollen Blick zu. Sollte es ihm auch heute wieder schwerfallen? Seine Zurückhaltung war jedenfalls deutlich zu spüren.
„Das ist schon lange her."
Gedehnt kamen seine Worte. Langsam ging er zu seinem Boot, und ich ging mit ihm. Er nahm seinen Stuhl nahe ans Boot heran, zog ein Stück eines defekten Netzes aus einem runden großen Kübel und begann zu arbeiten.
„Das sind schon viele Jahre."
Er schaute nicht auf. Hielt die Augen auf seine Arbeit gerichtet. Zog den ago immer wieder durch die defekten Maschen. Bei jedem Punkt vier Mal. Zwei Mal rechts. Zwei Mal links. Zwischendurch das Netz weiterschiebend und ordnend.
„Aber den größten Fang hat einmal Mario gemacht. Auch schon vor ganz langer Zeit."
Ich wußte nicht recht, ob es Bescheidenheit war, daß er das Gespräch auf seinen Freund und einen großen Fang von ihm lenkte, oder ob er wirklich nicht von seiner Arbeit mit Nino sprechen wollte. Letztlich konnte ich froh sein, daß er überhaupt erzählte.
„Das mit Mario ist fast schon so lange her wie bei mir damals. Es war 1985. Laß mich nachdenken. Im Oktober. Es muß Oktober gewesen sein. Mario hatte 1000 kg Makrelen gefangen."
„Eintausend Kilogramm? Das ist doch fast unglaublich."
„Ja, du hast richtig gehört. Eintausend Kilogramm. Eintausend Stück. Jeder Fisch ungefähr ein Kilogramm. Gleichmäßig schöne Fische. Es war früh am Morgen."
„Wie konnte er das schaffen?"
„Das war das Problem. Mario hatte damals ein kleineres Boot als heute. Und er hat damals mit Gino gemeinsam gefischt."
„Und wie haben er und Gino das doch mit dem kleinen Boot geschafft? 1000 kg in einem kleinen Boot! Das ist doch unmöglich."
„Mario mußte die Netze kappen, sobald das Boot voll war. Und..."

Paolo blickte von seiner Arbeit auf und zeigte mit Daumen und Zeigefinger eine Spanne von etwa acht Zentimetern. Dabei spielte ein Lächeln um seine Lippen. Mit Marios Fang tat er sich sichtlich leichter, als über Nino zu plaudern.

„Und er hatte nur solch ein kleines Messer dabei. Nicht größer als so. Und davon die Schneide nur ein Drittel."

Paolo mußte halblaut lachen.

„Wieso nimmt Mario nur so ein kleines Messer mit auf die Arbeit?"

„Das mußt du ihn selbst fragen. Das ist lustig."

„Gut. Werde ich tun. Aber wie hat er das damals geschafft?"

„Das war so: Nach langer Arbeit mit dem Abschneiden der Netze kamen Mario und Gino mit dem vollen Boot an Land. Du hast nur Fischköpfe gesehen. Dicht an dicht. Lino und ich hatten zur gleichen Zeit zwei Netze dicht am Capo liegen und waren hinaus, um sie zu nehmen. Wir merkten, daß Mario und Gino unsere Hilfe brauchten. Ließen die Netze und nahmen die anderen Fische für sie in unsere Boote. Im Nu waren auch unsere beiden Boote voll. Fische, wohin du geschaut hast. Die Boote wirklich randvoll. Lauter wunderschöne Makrelen. Gut, daß das Meer an diesem Tag ganz ruhig war, sonst hätten wir und natürlich auch Mario Probleme bekommen bei der großen Ladung."

„Mario hat mir nie davon erzählt."

„Nein. Er selbst würde es auch nicht erzählen. Er ist kein Mann der großen Worte, wenn es um eigene Leistungen geht."

„Das war ja ein sensationeller Erfolg."

„Ja. Der Großhändler hat ihm alles abgenommen, was er nicht verkaufen konnte."

„Schön für Mario."

„Ja. Aber danach kam nichts mehr. Außer einem ordentlichen Calamarifang von mir. Ich hatte eine ganze Nacht dazu gebraucht. Das war noch einmal gut."

„Paolo, ich war vor Jahren hier. Du wirst dich sicher nicht an mich erinnern können. Wir haben uns damals nur vom flüch-

tigen Sehen gekannt. Es war im Juni. Damals sind die Leute zusammengelaufen, weil du einen guten Fang mormore hattest."
„Ja, das war einigermaßen. Aber nicht so toll."
„Aber die Leute sind zusammengelaufen und haben gestaunt."
„Das tun die sehr schnell. Und von Minute zu Minute machen sie aus den Fischen immer mehr. Wenn die Nachricht am Ende des Ortes angekommen ist, sind es drei- bis viermal soviel Fische."
„Aber in diesem Fall kann das doch nicht so schlecht gewesen sein. Ich habe in guter Erinnerung, daß damals eine ältere Dame vor Freude geschrien hat. ‚Che spettacolo, che spettacolo', hat sie fortwährend geschrien und die Arme in die Luft geworfen. Antonio, mein Hotelier, hat mir dann gesagt, es sei deine Mutter. Ich hatte den Eindruck, sie war sehr stolz auf dich."
„Ja – meine Mutter. Sie wollte stolz auf mich sein. Ich glaube, jetzt ist sie es auch langsam."
Ich dachte sofort an die Worte von Antonio. Das mußte damit zu tun haben, daß seine Mutter es schwer verwinden konnte, daß ihr studierter und erfolgreicher Sohn Fischer am Capo geworden war. Ich ging deshalb auch nicht weiter darauf ein, denn ich wollte noch mehr über die letzten große Fischfänge wissen.
„Die mormore sind doch hervorragend gute Fische?"
„Ja. Sehr gute."
„Aber du sagst, das war kein großer Fang."
„Nein. Nicht besonders groß."
„Also war Marios großer Streich der letzte ganz große Fang hier."
„Ja. Der letzte. Und es wird auch der letzte bleiben. Das kommt nicht mehr zurück."
Und wieder war dieser mir jetzt schon bekannte traurige Tonfall zu hören. Ja sogar etwas wie Resignation. Sollte Paolo wirklich resignieren wollen? So recht glaubte ich das nicht. Das paßte nicht zu ihm. Sollte es etwa doch das fehlende Geld sein? Aber er hatte gesagt: Geld ist noch lange nicht das Wichtigste im Leben. Wenn er das sagte, wird es auch so sein.

„Bist du ganz sicher, daß es der letzte in diesem Ausmaß bleiben wird?“
„Es sei denn, daß ein Wunder geschehe.“
Also doch! Das Hoffen auf ein Wunder. In seiner Stimme schwang es mit. Ein kleiner Hoffnungsschimmer. Nie gänzlich aufgegeben. Noch einmal ein Boot voll. Noch einmal ein Wunder. Noch einmal die Bestätigung, daß es doch noch geht.
Das erinnerte mich daran, wieviele Leute bei uns zu Hause auf einen Lottogewinn warten. Sie wissen, daß ein Haupttreffer, rein von der Wahrscheinlichkeit her, kaum für sie eintreffen wird. Aber sie hoffen weiter. Einmal ein großer Lottogewinn. Nur ein einziges Mal soll es ihnen gelingen. Sie warten von Woche zu Woche. Sie warten wie die Fischer und hoffen auf ihren großen Fischzug.
Paolo hatte mir heute viel erzählt. Das bestärkte mich in meiner Meinung, daß ich vielleicht doch noch einmal den großen Meeräschenfang ansprechen könnte. Den Oratefang mit seinem Partner Nino gemeinsam.
„Und wenn es vielleicht doch noch einmal einen solchen Fang gibt, wie damals den Oratefang?“
Sofort verfinsterte sich seine Miene. Stocksteif saß er da. Eine Minute etwa. Dann stand er auf.
„Ich muß gehen.“
Er hatte mich ein zweites Mal zurückgelassen.

* * *

Am Tag danach setzte ich mich zu ihm, als er wieder bei seinem Boot war. Ich hatte mir vorgenommen, mich für meine anmaßende Neugier zu entschuldigen. Paolo hatte nur kurz und stumm mit dem Kopf genickt, als ich Platz nahm.
Ich wartete einige Minuten, in denen niemand den anderen anschaute, und wollte gerade zu meiner Entschuldigung ansetzen, als er mir zuvorkam.

„Ich habe einige Zeit mit Nino zusammengearbeitet. Nicht unbedingt sehr lange. Aber doch einige Zeit. Wir haben alles zusammen gemacht. Die ganze Arbeit. Wir sind zusammen hinausgefahren und haben alles geteilt. Den Erfolg und auch den Mißerfolg, wenn er eintrat. Unser großer Fang war 1982. Die orate. Du hast ja gehört, als Lino es sagte. Und du kennst sie. Die Fische, die ähnlich aussehen wie die saraghi. Aber die orate haben einen gelben Streifen."
„Gute Fische?"
„Oh ja. Das sind ganz gute und teure Fische."
„Dann war es ja ein riesiges Glück, daß ihr zufällig die orate erwischt habt."
„Das war kein Zufall. Das kannst du auch nicht Glück nennen. Mein Bruder Franco hatte die Schwärme gesehen. Bei Cervo."
Wie konnte ich bei einem Fischer, der gezielt nach Fischen suchte, von Glück sprechen. Aber war es nicht doch Glücksache, daß überhaupt mal ein großer Schwarm an der Küste auftauchte? Und Schwärme hatte er gesagt. Offenbar also mehrere.
„Franco kam die ganze Strecke heraufgehetzt. Teils über die Straße, an den Klippen vorbei. Teils am Strand. Die ganzen Kilometer von Cervo bis hierher. Normalerweise braucht man etwa vier Stunden dafür, wenn man sich beeilt. Franco aber war wesentlich schneller. Ich weiß heute noch nicht, wie er es geschafft hat."
Paolo war aufgestanden und schaute in Richtung Cervo. Er konnte zwar nicht bis dorthin sehen, weil das Capo und andere Ortschaften dazwischen lagen. Aber es war, als würde er durch den Berg, durch die Felsen schauen.
„Wir sind sofort rausgegangen. Es war 10 Uhr. Als wir hinkamen, sahen wir sie. Es waren *viele* tausend Fische. Alle in einer guten Größe. Etwa ein Kilogramm. Wahrscheinlich sehe ich so etwas nie wieder in meinem Leben! Wir rackerten und rackerten. Mobilisierten alle unsere Kräfte. Sieben Stunden lang! Ununterbrochen! Es waren aber am Ende nicht mal ganz

halb so viele wie später bei Mario. Aber es war ein großer Fang. Auch weil es so besonders gute Fische waren. Sieht man mal von den calamari ab, die ich später noch einmal gefangen habe, dann waren damals die orate mein letzter ganz großer Fang. Solange ist das schon her. Vierzehn Jahre."

Viele tausend Fische. In seinen Augen spiegelte sich eine Begeisterung, die ich bei ihm noch nicht gesehen hatte. Eine Verzückung, als ob er die Schwärme gerade jetzt vor sich sähe. Tausende in der Bucht vor dem mittelalterlichen Cervo. Vielleicht, dachte ich, war das damals doch Zufall. Vielleicht hatten sich auch die letzten großen Schwärme nur in die Bucht verirrt. Ein einziges Mal in so vielen Jahren. Aber egal. Sie waren da. Und Paolo war zur Stelle.

„Das war damals mit Nino." Paolos Nicken war wie eine Bestätigung und auch eine Bekräftigung eines gemeinsamen Erfolgs.

„Ihr habt gut zusammen gearbeitet?"

„Ja. Aber das ist immer schwierig. Zu zweit gibt es auch immer wieder unterschiedliche Meinungen."

„Du meinst Streit."

„*Nein*!! – Mit Nino gab es keinen Streit. Wir verstanden uns im Grunde ausgezeichnet. Nino war ein wunderbarer Kamerad. Und übrigens ein stattlicher Mann mit buschigem, schneeweißem Haar. Immer ausgeglichen in seinem Verhalten. Eine faszinierende Persönlichkeit mit viel Ausstrahlungskraft, und eine Augenweide für jede Frau. – Aber schau. Wenn der eine sagt: Es ist besser, wir legen die Netze hierhin. Und wenn du dann selbst denkst: Ich glaube aber, es wäre besser, die Netze heute woanders hinzulegen. Da gibst du vielleicht deinem Partner nach. Und wenn dann kein Fisch gefangen wird, dann denkst du automatisch, es wäre besser gewesen, wenn wir meiner Ansicht gefolgt wären. Wir sind ja auf jeden Fisch angewiesen. Es gibt ja nicht viele. Und Mißerfolge konnten wir uns nur begrenzt leisten. Verstehst du mich?"

„Wenn du eine Entscheidung zu treffen hast, mußt du allein sein", sagte ich.

„Richtig! So habe ich das neulich gemeint."
Paolo drehte sich zum Meer und schaute hinaus. Als er sich halb zu mir zurückwandte, war sein Gesicht sehr ernst.
„Wir hatten uns dann irgendwann getrennt. Gingen unsere eigenen Wege. Jeder fischte wieder für sich allein. Kurze Zeit danach geschah es. Das Wetter war schlecht und Nino wollte, daß ich ihm half, seine Netze zu ziehen. So waren wir nochmals zusammen draußen. Gar nicht weit. Ein paar hundert Meter. Urplötzlich passierte es! Er griff sich zur Brust. Verzerrte sein Gesicht! Fiel zusammen!"
Ich glaubte, Paolos Atem hören zu können. Er schaute hinaus in die Bucht, als sähe er dort etwas, und hielt den Blick wie gebannt. Aschfahl sein Gesicht. Er redete stockend.
„Nino lag und krümmte sich vor Schmerz. – Ich rief seinen Namen und sprang zu ihm. – Dann bewegte er sich nicht mehr. – Ich nahm ihn in den Arm. – Nino hatte einen Schlaganfall erlitten. – Ich hielt ihn fest und rief immer wieder seinen Namen. – Ich schaute mich um, als müßte von irgendwoher Hilfe kommen. – Aber es war zu spät. – Ich konnte ihm nicht mehr helfen. – Keiner konnte ihm mehr helfen. – Er starb in meinen Armen."
Paolo schwieg eine Weile. Auch mir hatte seine Erzählung die Sprache genommen. Ich starrte genauso wie er in die Bucht. Niemals zuvor hatte ich so mit Paolo gefühlt wie dieses Mal. Erst als ich wieder zu ihm hinblickte, fand er seine Sprache wieder.
„Mein Freund und früherer Partner war tot. – Es war der 22. Oktober 1986."

Die Suche geht weiter

Am nächsten Abend war plötzlich und überraschend Maria Cristina da. Ohne vorher ein Wort darüber zu sagen, daß sie doch noch kommen würde, stand sie vor dem Abendessen in der Empfangshalle. Rothaarig, schlank, fast schmächtig. In ihrem weißen, nur leicht melierten, fallenden Kleid. Die Sonnenbrille oben aufs Haar gesteckt. Einen leichten Sommerhut mit einer Kordel um den Hals befestigt und auf dem Rücken hängend. Die Arme mir zur Begrüßung entgegengestreckt. Vor Freude strahlend.

Sie kam mir gerade recht, denn ich fand, daß es an der Zeit war, einmal um die Spitze des Capo herum nach Andora zu fahren. In den Fischerhafen, in dem die Bedingungen besser sein sollten und wohin es viele Fischer getrieben hatte, die anderswo finanziell nicht mehr zurecht kamen. Bei diesem Vorhaben konnte ich Maria Cristina mit ihrem fließenden Deutsch-Italienisch gut brauchen.

Wenn es stimmte, was ich mir vorstellte, könnte ich vielleicht im Fischerhafen von Andora die Lösung dafür finden, weshalb Paolo nicht an diesen Ort gegangen war. Ich hatte eine bestimmte Ahnung und suchte jetzt die Bestätigung dafür.

Ich brauchte Maria Cristina nicht lange zu überreden, mit mir zu kommen. Sie brannte bereits vor Ungeduld, mir bei meiner sogenannten Detektivarbeit zu helfen. Mein Fax war also nicht vollends ohne Wirkung geblieben. Dabei werde ich ihr nicht sagen, daß ich ihre brennende Neugier für eine ausgemacht weibliche Eigenschaft halte. Ich war schließlich froh, sie hier zu haben. Und so fuhren wir am nächsten Morgen mit ihrem kleinen roten Sportauto Richtung Andora. Der ziemlich wendige Wagen mit dem römischen Kennzeichen würde das Parken in den engen Autolücken erleichtern.

Die Fahrt war nicht weit. Stets die sich schlängelnde Straße am Meer entlang. Vorbei an üppig blühenden Oleandersträuchen. An Pinien, Palmen und Agaven. An Bougainvillien, die sich in verschiedenen Rotfarben leuchtend an den Mauern rankten. Und an Datura mit ihren großen Trompetenblumen. Im Bogen um das Capo herum, und schon deuteten erste vorgeschobene Häuser an, daß wir bald in Andora sein würden. Unterwegs hatte ich Maria Cristina eingeweiht, daß ich einen Grund suchte, weshalb Paolo nicht nach Andora gegangen sei, und bat sie, die Augen ebenfalls offenzuhalten.

Ich kannte den Ort und den Fischerhafen flüchtig. Hatte aber den Booten der Fischer bisher wenig Bedeutung beigemessen. Vielleicht auch, weil sie am Rande eines noch wesentlich größeren Hafens liegen, in dem Freizeitkapitäne ihrem Hobby frönen. Diesmal schaute ich mir den Fischerhafen genauer an. Tatsächlich. Er war besser organisiert als die Ecke der Fischer um Paolo und die anderen. Größer angelegt. Geräumige Hallen, die Unterstellmöglichkeiten boten. Dazu eine andere überdachte, aber ansonsten offene Verkaufshalle direkt am Wasser. Auf einer großen, langen Theke lagen säuberlich geordnet die Fische. Dorade und saraghi waren in der Überzahl. Einzelne noch kleinere Fische lagen daneben. Ein Mann und eine Frau standen zum Verkauf bereit.

Hinter der Halle die Boote. Große und mittelgroße. Die großen mit Kranen und Winden. Gut eingerichtet. Damit war es ein leichtes, große Fische herauszuziehen. Die Geräte auf den Booten schufen eigentlich erst die Möglichkeit, große Fische zu fangen. Die Vorteile waren in der Tat augenscheinlich.

Ein schönes großes und älteres Boot trug den Namen „Albatros". Der Mann aus der Verkaufshalle sagte mir, daß dies eines der Boote von der anderen Seite des Capo sei. Ein zweites in etwa gleicher Länge lag direkt daneben. Mit solch großen Booten hatten also die Vorgänger von Paolo und Mario gefischt. Nur mit einem gewaltigen Unterschied. Die früheren Boote

hatten nicht die maschinellen und technich gutdurchdachten Einrichtungen von heute an Bord wie diese hier.
Meine Gedanken wanderten automatisch zu den großen Schwertfischen in den Fischgeschäften. Ganze Fische mit nach vorne gereckten, Angst einflößenden Schwertern oder aber riesige Teilstücke. Und ich dachte an einen besonders großen Schwertfisch, von dem ich mir vor Jahren mit Freunden in einem Lokal an der Piazza del Bastione ein Stück zubereiten ließ.
Paolo hatte mir gesagt, daß ein Fischer namens Alfredo, der früher bei ihnen gefischt hatte, einer von denen sei, die nach Andora gegangen waren. Maria Cristina fragte nach, und wir hatten Glück. Alfredo war etwa zwanzig Meter neben der Verkaufshalle dabei, die Netze zu richten. Er war hier zufrieden, hatte sein Auskommen, wie er sagte, während Maria Cristina mir die ligurisch angehauchte Sprache übersetzte. Alfredo machte nicht viel Aufhebens von seiner Arbeit. Halt eben zufrieden. Die Bedingungen stimmten.
Zufrieden waren auch Paolo, Mario und die anderen. Aber warum, wenn sie es hier besser haben konnten? Es mußte einen Grund geben, weshalb Paolo nicht auch wie Alfredo nach Andora gegangen war. Der Chemiker mit Diplom. Der hervorragende Fischer, der ganz bestimmt wußte, wie er den bestmöglichen Erfolg haben konnte. Er war geblieben. Und Mario auch. Dabei hätten sich beide hierher nur wenige Kilometer zu bewegen brauchen.
„Frag ihn bitte, welches sein Boot ist", sagte ich zu Maria Cristina, die sofort fleißig übersetzte. Alfredo zeigte kurz hinter sich. Ein ziemlich großes Boot. Ich schaute es mir eine Weile an und wollte mich gerade zum Gehen wenden.
„Das *Boot*! Hans, das Boot!" Mit ausgestreckten Armen zeigte Maria Cristina auf das Boot von Alfredo.
Ja! Sie hatte recht! Das mußte es sein, schoß es mir durch den Kopf. Das mußte der Grund sein. Das war es, wonach ich gesucht hatte. Das Boot war die Lösung der Frage, weshalb

Paolo nicht hierher kam. Ich hatte nur oberflächlich beobachtet. Aber Maria Cristina hatte den tieferen Grund erfaßt. Paolo hätte sich ein wesentlich größeres Boot zulegen müssen. Ein großes Boot, das die Hauptarbeit maschinell erledigte. Maschinerie anstatt Handarbeit. Das aber hieße, nicht mehr die althergebrachte Weise des Fischens zu praktizieren. Nicht mehr die Art, die Paolo sich vorstellte. Keine Fischerei mehr im Sinne der Jahrhunderte alten Tradition, bei der die Netze von Hand gelegt und von Hand gezogen wurden. Bei der man den hautnahen Kontakt zum Fisch hatte. Kein direktes Erlebnis mehr bei jedem Armzug. Diese mit Maschinen bestückten, breitflächigen Boote hier waren zwar zugegebenermaßen besser ausgerüstet, aber nicht das, was Paolo mit seiner Passion bezeichnete. Die Passion waren die kleine „Vega" und er allein. – Geld ist wichtig. Aber noch lange nicht das Wichtigste im Leben, sagt Paolo.

* * *

Da ich schon mal in Andora war, wollte ich auch die restlichen Kilometer weiter bis Cervo fahren. Es war gewiß nicht uninteressant, die Bucht etwas genauer zu betrachten, in die Paolo manchmal bei sonnigem Wetter und ruhiger See zum Fischen hinausfuhr. Ob es mich allerdings in meinem Verständnis um Paolo weiterbringen würde, war fraglich. Aber warum sollte ich kurz vor dem Ort die Fahrt beenden und vorschnell zurückkehren. Also ließ ich Maria Cristina den Wagen weiter die Küste entlang steuern. Für sie würde es nicht uninteressant sein, denn ich konnte sie dort zum Essen einladen. Quasi als Entschädigung für ihre Dolmetscher- und Fahrdienste. Nur wenige Autominuten, und die steilen Felsen zur Rechten ließen mich wissen, daß wir das mittelalterliche Cervo erreicht hatten.
Ich hatte mich an Serafino erinnert, auf dessen Caféterrasse ich schon öfter gesessen hatte. Von dort aus würde ich den totalen Überblick über die Bucht haben. Und dieser Blick sollte erst

einmal erarbeitet werden. Nicht über die Straße, die ausholend nach oben führte, sondern Stufe um Stufe. Kleiner Schritt für kleiner Schritt. Mühsam stiegen wir die vielen ausgetretenen Treppenstufen, den richtigen Tritt für die Füße suchend, höher und höher. Die schmalen, steilen Gassen wollten schier kein Ende nehmen.

Noch ein wenig außer Atem fand ich oben angekommen für uns rasch einen freien Platz, unmittelbar vorn am Geländer von Serafinos Terrasse. Nur derjenige, der jemals seine Augen über die sich unter ihm ausbreitende Bucht schweifen ließ, kann erahnen, wie beeindruckt ich jedesmal aufs neue bin. Direkt vor uns, steil und tief abfallend, der Ort mit seinen Ziegeldächern in verschiedenen Rotfarben. Als wären sie eine Ergänzung zum Haar von Maria Cristina. Die alten schmucken Häuser von Cervo umrahmen den Blick nach unten wie auf einem Foto. Besser könnte ihn sich kein Fotograf aussuchen.

Im Wind um die Ohren flatterten die Fransen der blauen Sonnenschirme an den Tischen der Terrasse. Doch zumindest Maria Cristina störten sie nicht. Im Gegenteil. Sie streckte ihre Nase voller Entzücken hinein. Einen größeren Gefallen, als hier auf diese Terrasse zu kommen, hätte ich ihr, zumindest ihrem Gesichtsausdruck nach, vermutlich kaum machen können.

Ich hatte mir die felsgesteinige Bucht schon oft von dieser Höhe aus angesehen. Dabei dachte ich bisher stets an die gefährlichen Klippen, die so manches Schiff in der Vergangenheit stranden ließen. Wenn es stimmte, was man mir verschiedentlich hinter vorgehaltener Hand zuflüsterte, daß die Einwohner dieses Ortes über lange Zeit Piraterie getrieben hätten, dann mußte ich deren ausgesucht gute Wahl anerkennen, sich hier niederzulassen. Von dieser Höhe konnten sie jedes Schiff, das in Seenot geraten war, bereits von weitem erkennen. Ja, sollte an den alten Geschichten vom Seeräubertum der Männer von Cervo wirklich ein Quentchen Wahrheit sein, so stand eines fest: Dieser Ort mit seinen steilen Wegtreppen und verwinkelten Gäßchen eignete sich ganz hervorragend als Versteck und Festung.

Heute morgen betrachte ich mir die Bucht jedoch mehr aus der Sicht der Fischerei. Da tief drunten hatte also Paolo seine orate gemeinsam mit Nino gefangen. Hier hatte sein letzter großer Fang vor vierzehn Jahren stattgefunden. Vierzehn lange Jahre, in der er ohne großes erfolgreiches Erlebnis auskommen mußte.
Ich mußte noch einmal an Paolos ergreifende Schilderung von Ninos Tod denken. Nino hat sein Leben draußen gelassen. Zwar nicht in dieser Bucht. Aber unweit davon. Bei der Fischerei. Auf dem Meer. In seinem Boot. Eines wird ihm bleiben: Sein Name wird immer mit dem großen Oratefang dort unten an den Klippen verbunden sein.
Und für Paolo? Sollte es das letzte Erfolgserlebnis gewesen sein? Sollte weiter nichts als die Hoffnung bleiben?
„Falls du mit der charmanten Dame etwas essen möchtest, ich gehe jetzt ins ristorante und eröffne es."
Schräg hinter uns hörte ich Serafino. Mit seiner großen, fülligen Gestalt, die nicht zuletzt wegen seiner Vorliebe für alle schönen Dinge dieser Erde so gewachsen war, stand er da. Markant seine Gesichtszüge. Nicht zu übersehen die hakenförmige Nase. Gewellt sein fülliges Haar. Gespielt durchdringend seine Augen.
„Wir werden in zwanzig Minuten bei dir sein, du alter Piratenkapitän", entfuhr es mir.
Serafino verzog sein Gesicht, als hätte er in eine Zitrone gebissen. Spielte ein wenig den Gekränkten, um dennoch Maria Cristina Sekunden später galant mit einem Handkuß zu begrüßen und einen Flirt mit ihr anzudeuten. Spätestens jetzt wußte ich, daß er sich in den letzten Jahren nicht geändert hatte. Und ich war mir in diesem Augenblick auch sicher, daß auf Maria Cristina wie auf jede hübsche Frau, die in seinem ristorante zu Gast ist, eine rote Rose von Serafino wartete. Mir noch mal einen grollenden Blick zuwerfend, verschwand er die Treppe abwärts.
„Du hast recht", flüsterte mir Maria Cristina zu, „hätte Serafino zur Zeit der Piraterie gelebt, er wäre mit Sicherheit Kapitän gewesen. Das Schwert in der Seite." Sie stellte sich vor mich.

Baute sich so groß auf, wie dies bei ihrer zierlichen Figur möglich war, und imitierte ihre rechte Hand an einem Schwertgriff. „Er hätte es gut und leicht mit seinen starken Armen führen können. Hast du seine Miene gesehen? Manch biederer Seemann wäre schon bei seinem Anblick in die Flucht geschlagen worden."

Genau dies mochte ich so sehr an Maria Cristina. Sie war mit unermüdlichem Engagement, aber, wenn die Umstände es erlaubten, auch stets mit Spaß bei der Sache.

Als wir Minuten später die Treppe hinabstiegen, war sein gepflegtes ristorante, aus dem man ebenfalls den hohen Blick über die Bucht hat, bereits halb besetzt. Ich warf einige suchende Blicke durch den felsengewölbten Raum und sah auch gleich die große Vase, gefüllt mit roten Rosen. Ich hatte also absolut richtig gelegen. Serafino war immer noch Serafino. Irgendwie beruhigte mich das. Es schien ihm offenbar gut zu gehen.

Wie ein kleines Walroß stampfte er heran. Warf uns, während ich ein Fischgericht bestellte, einige Worte in ligurischer Sprache zu, bei denen ich meine Verständnisschwierigkeiten hatte, und behauptete dreist, sogar der Fisch in seiner Küche spreche ligurisch.

Der Vorspeisenteller nach Rezepten aus alt-genuesischer Küche ließ uns bald genüßlich verstummen. Ein kleiner Hummer, augenweidlich von Künstlerhand dekoriert. Gedünstete calamari mit ein wenig Soße und wohlschmeckenden Kartoffelstückchen. Dazu Serafinos hauseigener, fruchtiger Weißwein.

Ich weiß, daß Paolo nur selten Fisch ißt. Wie viele Fischer. Doch für heute weg von Paolo. Für den Rest des Tages galten meine Gedanken erst dem Essen und dann nur noch Maria Cristina.

* * *

Als Maria Cristina sich am nächsten Morgen verabschiedete, spürte ich, daß sie mir fehlen würde. Und ich wußte auch, daß ich für die nächste Zeit endgültig mit meinen Anstrengungen um Paolo allein sein würde. Das Entschwinden des offenen kleinen roten Flitzers und seiner Fahrerin mit wehendem rotem Haar machte es mir deutlich. Am besten käme ich wohl von den Gedanken an sie los, wenn ich mich mitten unter die Fischer an der Mole begab. Ich wollte ohnehin noch mit Mario über seinen großen Makrelenfang reden. Nach Aussage von Paolo der letzte ganz große Fang.

Zu dieser Vormittagszeit, in der die Hitze des Tages sich langsam aufbaut, war am günstigsten zu einer Unterhaltung zu kommen. War doch die erste Arbeit für die Fischer getan. Es ging jetzt lediglich darum, die Arbeitsgeräte in Ruhe zu warten. So kam ich dann auch sehr schnell mit Mario ins Plaudern.

„Mario, Paolo hat mir von dem großen Makrelenfang erzählt. Eine unglaubliche Sache."

„Ja, ja. Alleine hätte ich es nicht geschafft."

„Warum hattest du damals nur ein ganz kleines Messer bei dir?"

Spielte eben lediglich ein freudig zufriedenes Lächeln um seine Mundwinkel, so mußte er jetzt lauthals lachen.

„Das weißt du?"

„Ich weiß es von Paolo."

„Wenn das so ist, werde ich es dir sagen."

Mario hielt urplötzlich inne. Ein großes Frachtschiff zog am Horizont seine Bahn Richtung Genua. Er schaute wie gebannt und kniff die Augen leicht zu. Da war noch etwas aus seiner Seemannszeit, das er nicht einfach wegstecken konnte. Die Erinnerung war geblieben. Nur kurze Zeit blieb er wie angewurzelt stehen. Dann war er wieder bei seinen vorherigen Gedanken.

„Schon damals, als wir noch Baumwollnetze hatten, habe ich meine Messer immer innen im Boot im Netz liegen lassen. Beim Waschen der Netze gingen sie dann meist im Abfluß des Beckens verloren. Auch in der Zeit danach habe ich immer wieder Messer verloren. Das hat schließlich so stark überhand

genommen, daß meine Frau mir nur noch kleine, billige Messer gibt. So ist das. Und so war das auch bei dem Makrelenfang. Ich mußte damals die Netze in mehreren Abschnitten mit einem winzigen Messer kappen. Die Klinge hatte höchstens drei Zentimeter. War allerhand Arbeit gewesen."
Er lachte wieder herzlich, und ich mußte bei dieser lustigen Geschichte herzhaft mit einstimmen.
„Sag, Mario, deine Familie ist schon lange hier am Capo Mele?"
„Wir waren immer hier am Ort. Meine Brüder sind von hier aus zur See gefahren, genau wie ich. Genau wie mein Vater und genau wie mein Großvater. Weißt du, das war früher gar nicht so schlecht zur See. Die Schiffe lagen jeweils einige Wochen im Hafen. Um sie zu löschen und wieder zu beladen. Da habe ich viel von den Städten gesehen. Viel erlebt, sage ich dir."
„Viel? Was viel?"
Er lachte laut auf.
„Alles Mögliche. Es waren schöne Wochen an Land."
Gern hätte ich noch einiges über die schönen Wochen eines Seemannes an Land erfahren. Doch ich wußte, daß ich mich mit dieser allgemeinen Antwort zufrieden geben mußte. Ich kannte Mario mittlerweile so gut, daß er immer dann, wenn er allgemein blieb, nicht weiter erklären wollte und es auch nicht tat.
„Paolo ist ja von seiner früheren Arbeit auch irgendwann hier am Capo gelandet."
„Ja. Das ist er. Seine Frau stammt von hier. – Meine Familie hat immer hier gelebt."
Geschickt hatte er von Paolo abgelenkt.
Nun gut, dachte ich. Vielleicht erfahre ich noch etwas mehr über ihn.
„Ich habe gehört, du bist in dem Haus geboren, in dem heute die Bar Al Galeone ist."
„Ja. Das ist das Haus unserer Familie. Heute gehört es meinem Bruder. Ich selbst habe die Bar eine Zeitlang geführt. Doch

alleine wollte ich das nicht. Bin dann zur See gefahren wie alle von uns."

„Dann sitze ich also oft vor deinem Elternhaus. Ich habe das erst jetzt erfahren. Künftig werde ich meinen Wein dort mit noch mehr Respekt trinken."

„Jaaa?"

„Du kannst dich darauf verlassen. Ich werde daran denken, daß deine Wiege dort stand."

„Ja, sie stand da. Dort oben, wo dieses Fenster ist."

Er zeigte mit ausgestrecktem Arm nach oben. Hatte Mund und Augen weit auf. Und blieb wie verzückt einige Augenblicke stehen.

„Dann konntest du ja schon als Kleinkind aufs Meer schauen."

„Ich konnte alles sehen. Die Fischer. Die Boote. Die Leute am Strand und draußen die großen Schiffe."

„Dein Elternhaus ist ein großes Haus. Hoch und breit. Liegt direkt an der Piazza und am Meer. Eine bevorzugte Lage."

„Ja. Wie gegenüber die heutige Bar Al Molo. Al molo war eine große Konservenfabrik für die Fische. Eine bedeutende."

„Aber euer Haus ist auch ein bedeutendes Haus."

„Früher hatten die Fischer alle ein Haus. Und auch Ackerland."

Ich wollte nicht, daß das Gespräch wieder in Fischernostalgie abglitt, und brachte das Gespräch wieder auf sein Elternhaus, auch wenn das ebenfalls ein Teil Nostalgie war.

„Deine Familie war immer schon eine sehr angesehene Familie."

„Ja. Das war sie. – Auch Paolos Familie war in Ponte Decimo sehr angesehen. Seine Mutter stammt von hier. Und die Großmutter von Paolos Frau Delly ist eine P. Beide, Paolo und Delly, sind aus angesehenen Familien."

Ich dachte sofort an die Piazza Giulio Cesare P. Das paßte zu Paolo. Er heiratete eine Frau, die aus der berühmten Familie P. abstammt.

„Es gab einige hochangesehene Familien im Ort." Mario hatte unabsichtlich meine Gedanken unterbrochen.

„Die größte war die Familie Musso ..."

Und Mario erzählte. Ich sah wieder das Leuchten in seinen Augen, das immer dann auftrat, wenn er von vergangenen Zeiten sprach. Er sprach und schien in eine andere Welt entrückt.
Er schilderte das Leben der Familie Musso, deren Besitz den gesamten unteren Teil des Ortes umfaßte. Er erzählte von ihrem riesigen Park, ihrer großen Villa, und er berichtet von Agostino Pagliano, dem Kapitän, der sein Vermögen für die alten Seeleute gelassen hat. Der vieles verkauft und dafür ein Hotel erstand, in dem die alten, alleinstehenden Seeleute leben können.
Ich hatte vor allem registriert, daß Mario mit Hochachtung erwähnte, daß Dellys Mutter eine P. war. Einer hochangesehenen Familie entstammte.
Typisch Mario: wenig von seiner eigenen Familie. Kaum eine Silbe von dem eigenen Familienbesitz an der Piazza Giuseppe Garibaldi.
Der Gedanke an den Namen Garibaldi auf dem Schild an der Piazza ließ mich einen Vergleich anstellen. So wie Mario mochten die Getreuen von Garibaldi ausgesehen haben. Wie der Seemann und Fischer Mario. Stets zu jeder Arbeit bereit. Sich für nichts zu schade. Vielleicht wäre Mario mitgezogen mit Giuseppe Garibaldi. Damals. Wäre einer der Tausend gewesen. Einer der Rothemden. Der Seemann und jetzige Fischer mit dem Seemannsbart hätte seinen Mann gestanden.

Bei der Plauderei mit Mario war nicht viel über Paolo herausgekommen. Nur die Bestätigung, daß Paolo und seine Frau aus angesehenen Häusern stammten. Mario betonte die Abstammung von Paolos Frau aber so sehr – sie ist eine P. –, daß dies für mich auch von Marios Seite ein versteckter Hinweis auf eine völlig andere Tätigkeit von Paolo war. Denn es war schwierig denkbar, daß Paolo als Fischer eine P. geheiratet hätte. Die eingefahrenen Sitten hätten es ihm zumindest schwer gemacht.
So hatte Mario seinen Hinweis gut verpackt und brauchte nicht offen über ein ohnehin delikates Thema zu sprechen. Er konnte

ja nicht ahnen, daß ich über die vorherigen beruflichen Aktivitäten von Paolo bereits mit dem Hotelier Antonio gesprochen hatte. Aber ich war ihm dankbar, daß er auch seinerseits darauf hinwies. So hatte er mir einen Teil dessen bestätigt, was Antonio mir berichtet hatte.

Spürbar liegt was in der Luft

Am Morgen des 29. August war das Wetter plötzlich anders. Es wehte ein heftiger Wind. Höhere Wellen als gewohnt kamen auf den Strand zu und schlugen an der Spitze der Mole hoch bis über die großen Steine hinweg. In der Morgenluft lag fröstelnde Kühle. Diejenigen, die in der Frühe am Strand waren, hatten sich einen Anorak übergezogen. Der Wind fuhr durch die Haare und wehte den Sand auf die Uferpromenade und die piazze.

Der alte Vito zeigte mir, daß die Winde aus vier Richtungen kamen und laufend drehten. Irgend etwas war anders als sonst. Ich wußte nicht was. Aber ich spürte es.

Am Nachmittag stand fest: Die Fischer werden nicht ausfahren. Paolo nicht. Und die anderen nicht. Der Wind war zu stark. Die Wellen zu hoch.

„Den heutigen Tag wirst du auf die Verlustseite eintragen können“, sagte ich zu Paolo, als ich ihn an der Uferpromenade treffe.

Auch Paolo trug zum Schutz gegen den Wind einen Anorak. Blau wie die Farbe seines Bootes. Auf meine Feststellung hin blieb er ziemlich gleichgültig. Hob kurz die Achseln.

„Kein Fisch – kein Geld.“

Wieder hob er die Achseln. Machte ein vielsagendes Gesicht, und seine dann folgende wegwerfende Handbewegung zeigte, daß ihn das trotz der trüben Aussichten kaum berührte. Eher gelangweilt wechselte er ein paar Worte mit einer Bekannten. Schritt danach Richtung Wasser. Schaute noch einmal ins Boot. Und ging früh nach Hause.

Die Boote ruhten. Sie standen stumm und verlassen. Für mich fehlte an diesem Tag etwas. Für Paolo sicher auch. Aber seine Einstellung dazu war eine andere. Es ist einer der einhundert-

zwanzig Verlusttage eines Jahres. Das ist halt so. Das ist Gegebenheit.
Der Wind legte sich den ganzen Abend nicht. Die Fahnen am Strand flatterten und gaben ein schlagendes Geräusch von sich. Die langen Blätter der Palmen an der Hauptstraße neigten sich zu einer Seite. Wolken verdeckten den Mond. Es war kühl und ungemütlich. Die Geschäfte hatten ihre Waren vor den Häusern früh ins Innere gebracht, und die Touristen zogen sich schneller in ihre Hotels zurück. Nicht ein einziger Spaziergänger zeigte sich zur Abendstunde auf der Mole. Auch die Katzen waren vom Strand verschwunden. Nur eine große Möwe schrie in den Wind. Ansonsten schien das Leben wie erstarrt. Die Nacht brach schneller herein.
An diesem Abend ging auch ich früh zu Bett. Das kühle Wetter konnte auch mich nicht zu einem längeren Abendbummel animieren.

* * *

Der 30. August mochte wohl schon morgens alles wettmachen, was der Vortag versäumen ließ. Fast absolut still der Wind. Die Sonne stieg schnell und prächtig am Himmel. Die ersten Badegäste waren früher unterwegs als sonst. Am kommenden Tag werden sich die italienischen Urlauber zur Abreise richten. Der 31. August war ihr letzter Urlaubs- und Ferientag. Danach beginnt wieder die Schule. Danach werden sie wieder an ihren Arbeitsplatz zurückkehren. Die staatlichen Angestellten. Die Unternehmer genauso wie ihre Angestellten und Arbeiter der großen Fabriken. Alle, wie sie sich am Strand tummeln. Allein oder mit ihrer Familie. Die Sonne jedenfalls schien sie an ihrem vorletzten Tag noch einmal verwöhnen zu wollen. Groß und prächtig stand sie am Himmel.

Eine spontane Idee kam mir: Ich werde Paolo heute wünschen, daß er so viele Fische fängt, daß der gestrige Verlusttag wettgemacht wird.
Und ich könnte zur cappelletta im Hafen von Arâsce hinübergehen und die Madonna auf dem Bild im Inneren der cappelletta bitten, Paolo zu unterstützen. Hatte nicht Maria Cristina schon einmal Erfolg mit ihren flehentlichen Blicken zur Madonna hin? Es schien so.
Ich werde zuerst zur Madonna gehen und sie bitten. Und dann werde ich Paolo meinen Wunsch sagen. Vielleicht hilft es.
Ich schob mein Vorhaben nicht lange auf und ging am Nachmittag zu Fuß in den Hafen von Arâsce. Wenn ich schon einen Bittgang vorhabe, sagte ich mir, muß es auch ein Gang und darf keine Fahrt sein. Schließlich gingen alle Pilger, und so kam ich mir vor, wenn irgend möglich zu Fuß. So konnte ich mich auch wesentlich besser auf mein Vorhaben konzentrieren.
Unterwegs drängte sich mir noch ein Gedanke auf: Mein Ölgemälde.
Was hatte ich Glück. Allein der Gedanke, das Bild jetzt mein eigen nennen zu können, ließ mich innerlich jubeln.
Für meinen Wunsch Paolo gegenüber auf einen außerordentlich guten Fang war dies bestimmt kein schlechtes Omen. Ein Fingerzeig vielleicht, daß Paolo ein ähnlich gutes Ergebnis gelingen könnte.
Und plötzlich hatte ich das intensive Bedürfnis, meine Freude ob des gelungenen Kaufs mit Paolo zu teilen. Mein nicht mehr für möglich gehaltener Erfolg schien des Guten für mich allein zu viel. Sollte Paolo doch daran teilhaben.
Wenn ich es mir recht überlegte, war dieses Teilen sogar nicht ganz ohne Eigennutz. Mit Sicherheit steigerte es auch noch meine eigene Freude, mein eigenes Hochgefühl.
Sollte ihm dann vielleicht der große Fischzug gelingen, riefe dies wiederum bei mir Genugtuung aus. Paolos Triumph wären meine Zufriedenheit und Genugtuung für ihn. Nicht, daß er deshalb Glück haben sollte, weil ich es hatte. Sein Erfolg sollte

sein Erfolg bleiben. Aber ein gemeinsames Glücksgefühl über den eigenen Erfolg und die Freude über den anderen und dessen Glück zusammen ist eben noch stärker.
Diese Überlegungen vom gegenseitigen Glück und dem Teilen der Freude daran gefielen mir derart gut, daß ich für mich beschloß, meinen eigenen Erfolg tatsächlich als gutes Omen für Paolo zu werten.

Nach meiner Rückkehr von Arâsce und einem abendlichen Geschäftebummel kurz vor dem Auslaufen der Fischerboote kam ich zur Anlegestelle. Die Stimmung schien gut. Mario war schon hinausgefahren. Matteo brauchte fast zehn Minuten, um sein Boot mit Hilfe anderer pensionierter Fischer ins Wasser zu bringen. Er erzählte gestenreich und laut eine Geschichte von einem Hirsch und mußte selbst immer wieder lachen, so daß er nur sehr stockend vorankam. Endlich hatte auch er es geschafft.
Nach den anderen ging Paolo als letzter. Er stand einige Meter neben seinem Boot. Es sah aus, als überlegte er noch etwas. Ich ging zu ihm und richtete ihm die Wünsche aus, die ich mir vorgenommen hatte. Dabei versuchte ich, den Worten einzeln Gewicht zu geben, indem ich sie betont und langsam vortrug.
Paolo schaute mich nicht an, während ich zu ihm sprach. Aber ich wußte, er hörte mir zu. Er hörte mir zu, wie er mir immer zugehört hat, auch wenn er manchmal wie abwesend wirkte.
„Wenn einer es schafft, dann bist du es, Paolo!"
Er hatte nur ein Lächeln für mich. Kein Kommentar. Nur ein Lächeln. Ein müdes Lächeln, schien mir.
Dann ging er zu seinem Boot. Das müde Lächeln war bald verschwunden. Ein paar Handgriffe im Innern des Bootes. Die ciambella am Bug vertäut. Die Schwimmweste parat. Ebenso seine Tasche. Den mezzo marinaio griffbereit. Das Netzzubehör und Lichter kontrolliert. Ein paar Schritte nach vorn. Das Zurechtlegen der Hölzer unter den Bug. Dann legte auch er ab. Erst ein paar Ruderschläge. Die Motorschraube nach unten gesteckt, sobald genügend Wasser unter dem Boot war. Und

schnell überwand er die ersten kaum sichtbaren kleinen Wellen, die, zart wie die ersten angedeuteten Wölbungen an einem jungen Mädchenkörper, die Bezeichnung Wellen an diesem Abend kaum verdient hatten.
Er schaute noch einmal kurz zu mir zurück und fuhr wieder hinaus bis kurz vor die Spitze des Capo. Ich sah noch, wie er ein Stück zur Küste hin abdrehte. Es war dies die Grenze zwischen Sand und Klippen.
Dort, wo es nicht allzu tief ist, weiß er, hat er die besten Chancen. Wann immer es geht, hatte er hier in der sommerlichen Fischzeit seinen festen Platz. Direkt hinter den Steinen. Wo Posidoniagras durchschimmert. Wo das Wasser klar ist. Wenn überhaupt, dann wird er hier etwas fangen.
Das Wasser muß klar sein. Er muß auf den Grund sehen können. Sollten jetzt mormore kommen, so wird er sie sofort wahrnehmen und einkreisen können. Er wird hoffen wie immer. Hoffen auf den ganz großen Fang. Auch wenn die Zuversicht nicht allzugroß ist. Er wird hoffen. Denn: Jeder Tag in der Fischerei ist etwas Neues. Du weißt am Morgen nicht, was aus dem Wasser kommt.
An der ausgemachten Stelle angekommen, stellte er den Motor ab. Es begann die Arbeit zum sorgfältigen Legen der Netze. Beim ersten wie beim zweiten.
Erst die Lampe. Dann die gelbe Flagge. Das Schwimmsignal. Danach ein Tau von etwa sieben Meter Länge. Anschließend einen Anker. Wieder ein Tau. Diesmal zehn Meter lang. Und danach das Netz.
Paolo ist voll konzentriert. Keine Zeit für irgendwelche tiefschürfenden Gedanken. Kein Sinn für Romantik. Kein Blick für die Umgegend. Kein Blick für anderes. Er schaut nur ins Wasser. Über die Hände und das Netz hinweg ins Wasser, und sonst nirgendwo hin. Er arbeitet stets in gleichem Rhythmus. Das spart einerseits Kraft und erlaubt andererseits ein exakteres Legen.

Das Nylon gleitet ihm leicht durch die Hände. Er legt es heute wieder, wie meistens, in der gleichen Form. In einer stark gebogenen Schleife läßt er es ins Wasser. Immer fast wie ein S. Eine exakt ausgetüftelte Figuration, die er sich selbst ausgedacht hat. In dieser Form werden sich die Fische am ehesten im Netz verfangen. Die Strömung hat Paolo berücksichtigt. Sie treibt in das Netz hinein. Und mit ihr die Fische.
Solange es nicht stürmt, wird das Netz in dieser Stellung bleiben. Das Wetter ist ohnehin gut. Sehr gut sogar. Es weht auch weiterhin nicht der leiseste Wind. Von daher kann dem Netz nichts geschehen.
Am Ende des Netzes wieder die gleiche Prozedur. Diesmal umgekehrt. Das Zehnmetertau. Ein Anker. Das nächste Tau. Schwimmsignal. Flagge. Lampe.
Nach dem ersten Netz ein kontrollierender Blick. Die Lampen, Fahnen, Signale und Anker sitzen. Die Eisen halten.
Das zweite Netz ebenso. Zwei Netze mit insgesamt achthundert Meter Länge. Sorgfältig hingezaubert wie ein Kunstwerk. Gut zu erkennen im Wasser. Die Schwimmer zeigen ihre Lage. Es ist beinahe wie immer. Der Abend fast wie jeder andere.

Zu späterer Stunde sah ich ihn wieder im Halbdunkel auf der Promenade. Direkt an der niedrigen Kaimauer. Dort, wo ich ihm zum erstenmal bewußt zugeschaut hatte. Doch jetzt wußte ich genau, was er tat. Warum er dort stand. Ich kannte sein Vorgehen. Ich mußte in mich hineinlachen, als ich daran dachte, wie ich beim ersten Mal geglaubt hatte, er hinge sentimentalen Gedanken nach. Gut, daß Paolo meine damaligen Gedanken nicht lesen konnte.
Paolo stand wieder wie zu einer Säule erstarrt. Er stand dort wie jeden Abend, ehe er, nachdem das Boot vorbereitet ist, den Anlegeplatz verläßt. Schaute hinaus aufs Meer und beobachtete scharf.
Wie scharf er beobachten kann, habe ich vor einigen Jahren erfahren. Ich hatte ihm damals aus dem Vorjahr zwei Fotos

mitgebracht. Eines, wie er an der Winde steht und daran dreht. Ein zweites, das ihn bei seinem Boot zeigt. Und zwar kurz nach der morgendlichen Ankunft. Ich hatte ihm jedoch nicht gesagt, wann ich ihn fotografiert hatte. Ein kurzer Blick von Paolo auf die Bilder, und er sagt mir, ohne auch nur einen Augenblick zu zögern: „Diese Bilder stammen vom Vorjahr aus der Zeit vom 20. bis 23. Juni."

Ich war damals total verblüfft. Es stimmte haargenau. Es waren exakt diese Tage, als ich die Fotos machte. Doch wie konnte er dies so sicher sagen? Ich wollte von ihm wissen, wieso er seine Feststellung mit solcher Gewißheit und solcher Schnelligkeit getroffen habe.

Da zeigte er auf das erste Bild und sagte: „Dort hatte ich im Juni vorigen Jahres diesen Kunststoffbehälter genau an dieser Stelle neben der Winde stehen. Deshalb steht das Jahr fest. Nämlich das Vergangene." Dann zeigte er mit dem Finger auf das zweite Bild und sagte: „Siehst du die beiden Fischschwänze, die hinten am Boot etwas herausragen? Diese Fischsorte habe ich im Vorjahr zwischen dem 20. und 23. Juni gefangen."

Ich war wirklich konsterniert. Es war für mich fast schon unglaublich, wie er die beiden Dinge, nämlich den Kunstoffbehälter und die Fischschwänze rasch miteinander in Zusammenhang brachte. Und das Verblüffendste für mich war, daß die Fischschwänze nur etwa zwei Zentimeter aus dem Boot ragten. Ich hatte sie bis dahin nicht wahrgenommen. Sie waren so winzig, daß ich sie ohne den Hinweis von Paolo auch nie wahrgenommen hätte. Ich hätte schon eine Lupe nehmen und das Bild genau untersuchen müssen. Und vielleicht hätte ich sie auch dann noch nicht gesehen. Geschweige denn, die Fischart erkannt.

So scharf beobachtete Paolo. Und er tut dies auch an diesem Abend. Er prägt sich das Meer genau ein. Jede Kleinigkeit nimmt er wahr. Wie eine Fotografie, die er am nächsten Morgen wieder hervorholt und auf Abweichungen vergleicht.

Seine Beobachtungen wiederholt er am späten Abend noch zweimal von zu Hause aus. Vom Fenster sieht das Meer. Zwar aus einiger Entfernung, von einer Anhöhe herab. Aber das genügt. Er schaut gegen das Abendlicht auf das Weiß der Gischt und erkennt, wie hoch die Wellen sind. Wenig Weiß – wenig Wellen.
Und er sieht, wie hoch das Meer am Strand steht. Von der Höhe des Wassers schließt er auf die Tiefe.

Ich hatte Paolo an diesem Abend nach meiner Rückkehr von der cappelletta nicht mehr angesprochen. Wiederholte jedoch für mich den Wunsch auf besonders guten Erfolg. Würde er doch nur einen Fang machen, an den er noch lange denken sollte. Würde doch sein Boot übervoll beladen wiederkommen. Würde doch der Hauptstern Wega als hellster Stern am Nordhimmel ihm den Weg zu den Fischen weisen und die Lyra die Leier dazu spielen. Sollte er doch wie ein strahlender Stern an das Ufer zurückkehren.
Soll er die Gunst der Stunde haben. Wie Maria Cristina bei der letztjährigen Regatta und wie ich mit dem Ölgemälde in der Galleria von Albenga. Soll die Glücksgöttin doch dieses Mal Paolo zur Seite stehen. Als gerechter Ausgleich. Zwischen ihm und mir.

Als ich mich gerade auf den Weg zurück ins Hotel begeben wollte, stellte ich fest, daß ich den Schlüssel für den Eingang des Hotels nicht bei mir trug. Ich hatte mir diesen Schlüssel für den Fall geben lassen, daß ich einmal nach 23 Uhr, wenn die Rezeption nicht mehr besetzt ist, zurückkäme. Ich überlegte kurz. Für heute wäre es kein Problem. Es war erst kurz nach 22 Uhr. Ich käme also ohne weiteres und ohne jemand stören zu müssen ins Hotel.
Ich überlegte weiter, wo der Schlüssel sein könnte. Normalerweise müßte er in der Hose sein. Vielleicht hatte ich ihn irrtümlich vom Vortag noch in einer anderen Hose, obwohl dies

unwahrscheinlich war. Vielleicht war er auch beim Entkleiden ins Zimmer gefallen. Jedenfalls war ich doch ziemlich unruhig. Die Sache war mir insbesondere auch deshalb nicht recht, weil ich doch jetzt in einem Hotel wohnte, in dem ich nicht so bekannt war wie im La Brise. Und wer erklärt in einem Hotel, in dem er vorher noch nie gewohnt hat, schon gerne, daß er einen wichtigen Hotelschlüssel verloren hat. Ich begab mich deshalb sofort zurück durch den budello ins Hotel in der Via Dante, der alten Straße im Zentrum des alten Ortsteils.
Die ersten Suchaktionen waren vergeblich. Ich schob dies auf das abendliche, schlechte Licht. Morgen früh werde ich sofort genau nachsehen.

* * *

Während ich noch schlief, war Paolos erster Gang am nächsten Morgen, noch in der Dunkelheit der sich neigenden Nacht, der Gang zum Fenster. Er öffnete es und hörte das Rauschen der Wellen, das sich als Echo an einer hohen Mauer gegenüber seinem Hause brach. Der Ton des Rauschens war ihm so vertraut wie einem Musiker die Tonleiter. Er hörte und erhielt die Bestätigung dessen, was er gesehen hatte.
Und er hatte an diesem Morgen gesehen, daß das Wetter gut war, und er blieb ruhig.
Wäre es anders gewesen, wäre er jetzt unruhig. Ungeduldig. Seine Gedanken würden ständig kreisen. Er würde in diesem Fall überlegen und nochmals überlegen, was zu tun sei.
Doch heute gab es keinen Grund für Hektik oder Nervosität. Das Wasser war glatt wie ein Spiegel. Einladend ruhig.

Hemingway ist zum Greifen nah

Frühzeitig hatte Paolo sich zur Capospitze aufgemacht, um die Netze zu ziehen. Die Sonne war noch nicht aufgegangen. Noch versteckte sie sich am Horizont. Brannte noch nicht ins Gesicht. Stach ihm noch nicht in die Augen. Dafür stand der Mond groß am Himmel.

Das Boot hatte er heute morgen alleine ins Wasser geschoben. Niemand, der ihm helfen konnte, war in der Nähe. Kein anderer Fischer. Ohnehin sonst niemand. Die meisten Leute befanden sich noch im Schlaf. Wiegten sich in den letzten zwei Stunden der Dunkelheit noch in ihren Träumen.

Paolo zog derweil seine Schleife durch das ruhige Wasser. Das Lied des kleinen Motors in den Ohren. Die Lichter des Ortes hinter ihm wurden kleiner. Er registrierte sie nur unbewußt. Sein Blick war nach vorn gerichtet.

„Morgen wird der Mond voll sein", dachte Paolo. „Voll und rund." Wenn es stimmt, was manche alten Fischer sagen, ist das nicht gerade förderlich für den Fischfang.

Eine Weile dachte er weiter darüber nach, was die alten Fischer über den Zusammenhang von Mondlicht und den Erfolg beim Fischen sagen: Halber Mond soll gut sein. Dann sollen die Fische in die Bucht kommen und sich bewegen. Doch morgen wird Vollmond sein, und er muß es nehmen, wie es ist.

Einige sagen, Vollmond ist gut, um calamari zu fangen. Gut für seppie und polpi. Ihm soll es recht sein. Dann fängt er nebenher vielleicht einige calamari. Aber weiß wirklich jemand genau, wann die calamari da sind? Fragen sie den Mond? Fragen sie überhaupt jemand? Man wird sehen. In letzter Zeit waren jedenfalls kaum Fische zu fangen. Keine saraghi. Keine cefali. Keine calamari. Ganz zu schweigen von orate oder mormore. Sogar

kaum dorade. Höchstens mal volpe di mare als Köder für andere Fische.
Vor dem Capo, am Ende der Steine, die er im fahlen nächtlichen Schimmer unter der Wasseroberfläche mehr erahnen als wahrnehmen konnte, stellte Paolo den Motor ab. Sein erstes Netz lag genau vor ihm. Das Leuchtsignal zeigte es an. Auch die Schwimmsignale waren gut im Mondlicht zu erkennen. Sie verrieten keine größere Unregelmäßigkeit. So, wie es aussah, war alles in Ordnung. Es schien das Übliche zu sein.
Mit der rechten Hand griff er sich das Holz unten aus dem Boot und schlug auf den Sitz. Das Geräusch pflanzte sich weiter ins Wasser fort und scheuchte die Fische auf. Trieb sie, wenn sie denn da waren, ins Netz. Er wiederholte diese Prozedur einige Male in kurzen Abständen. Wartete danach noch einen Augenblick. Das müßte jetzt genügen, sagte er sich und legte das Holz beiseite.
Breitbeinig stehend begann er wie gewohnt mit dem Einholen. Direkt bei den ersten Handgriffen stutzte er. Eigenartig! Das Netz verhielt sich anormal. Es kam nicht wie gewohnt durch das Wasser. Es war anders als sonst. Völlig anders. Absolut völlig anders.

Paolo überlegt: Er hat nicht das Gefühl, als sei ein Schwarm Fische ins Netz gegangen. Es zeigt sich auch nichts dergleichen auf den ersten Metern des Netzes, die er einsehen kann. Es muß etwas Schweres sein, das das Netz nicht richtig losläßt. Etwas ungewöhnlich Schweres.
Vielleicht ein ganz großer Fisch. *Das wird es sein*!!
Jawohl!! So wie es aussieht, muß es ein großer Fisch sein, der sich im Netz verfangen hat!
Einen Augenblick hält er den Atem an: *Ein richtig großer, schwerer Fisch in seinem Netz*!
Es hat keinen Zweck, weiter ziehen zu wollen. Es wird nicht gehen. Das Netz kommt nicht. Der Widerstand ist zu groß. Zu groß und zu hart. Was ist jetzt am besten?

Er weiß, daß er ruhig bleiben muß. Doch ohne daß er sich dem entziehen kann, überkommt ihn eine Anspannung. Ein inneres und äußeres Angespanntsein. Ein gebanntes Lauern auf das, was folgt. Alle seine Sinne sind hellwach. Du bist ein erfahrener Fischer, sagt er sich. Du brauchst nicht erregt zu sein. Vielleicht ist das die ganz normale Anspannung, die einem großen, möglichen Erfolg immer vorausgeht. Wenn das so ist, dann ist das in Ordnung.

Nervös war er nicht. Doch er spürte selbst, wie die Hände das Netz fast verkrampft packten. Wie er die Lippen zusammenbiß und aufs Wasser starrte.

Soll es wirklich ein so schwerer Fisch sein, wie er meint? Er wird es nicht glauben, bis er ihn sieht. Bis der Fisch sich ihm in seiner gesamten Länge gezeigt hat.

„Hoffentlich schlägt er nicht das ganze Netz kaputt und entkommt. Nur nicht den Schaden und keinen Fisch! Nur jetzt nicht leer ausgehen." Wie hat er auf diesen Augenblick gewartet. Wie oft hat er sich das in den letzten Jahren vorgestellt.

„Ich will dich haben! Ich will es unbedingt!" – Seine Gedanken waren mit in die Anspannung eingeschlossen.

Was würde Amerigo jetzt sagen? Sein Lehrmeister, der ihm alles, was er über die Fischerei weiß, beigebracht hat. Der großartige und erfahrene alte Fischer Amerigo. „Geduld muß du haben", würde er bestimmt sagen. „Viel Geduld."

„Ja, ich werde ruhig bleiben und warten. Ich möchte sehen, wie du reagierst, Fisch."

Er setzte sich und wartete. Fast eine Stunde. Doch nichts schien sich zu regen.

Das ist gut, dachte er. Er wehrt sich nicht. Noch nicht. Auch wenn er noch so fest sitzt. Wenn er will, kann er sich wehren. Und er wird sich wehren, wenn er begriffen hat, was passiert ist. Er kann jederzeit um sich schlagen und sich befreien. So stark ist das Nylon nicht. Das ist für kleinere Fische gedacht.

Er schaute in das Wasser hinein, als könne er den Fisch dadurch fixieren.
„Komm, bitte!!"

Die Sonne war mittlerweile in den Dunst auf der Wasseroberfläche eingetaucht. Er sah die runde Scheibe, die langsam an Helligkeit gewann.
Wenn es bald richtig hell wird, wird er sich sicher regen. Dann treibt es ihn.
Noch einmal zog er am Netz. Wiederum spürte er den gewaltigen Widerstand.
„Bleib ganz ruhig, Fisch. Keine Aufregung. Ich bleibe auch ruhig. Bleiben wir also beide ruhig. Ich werde dich jetzt erst einmal verlassen. Ich komme später wieder. Doch jetzt muß ich erst einmal weg. Es wird nicht ewig lange dauern. Ich muß jetzt erst zu Mario. Allein schaffe ich dich nicht. Bleib ruhig, Fisch. Ganz ruhig."
Er zog ein paar mal kräftig an der Motorschnur, um ihn anzuwerfen. Nur ein schnurrendes Geräusch war die Antwort.
Wieso springt er nicht an? Er springt doch immer gleich an. Er pflegt ihn doch wie ein Heiligtum. Während er weiter kräftiger und kräftiger an dem Seil zog, ging sein Blick zwischendurch immer wieder aufs Wasser. Nichts Auffälliges passierte. Kein Anzeichen von Bewegung im Wasser.
Da. Endlich. Der Motor heulte auf. Er drehte die Gaskurbel voll durch, damit der Motor schnell warm wurde. Jetzt wird er nicht mehr ausgehen. Er hat mich noch nie im Stich gelassen. Gott sei Dank, auch heute nicht.
Das Netz scheint immer noch ruhig zu liegen. Er kann nichts Abträgliches erkennen.
„Es ist gut, daß ich das battuta genommen habe", frohlockte er fast. In diesem Netz kann sich ein großer Fisch besser verfangen. Der hier war bestimmt in die Seitenmaschen geraten. Steckte bestimmt mit den kleinen Maschen in den übergroßen oberen

und unteren Maschen wie in einem Sack. „Dafür bist du gut, battuta. Dafür habe ich dich ja schließlich."

Als das Netz auch weiterhin ruhig lag, drehte er ab und fuhr dorthin, wo er Mario vermutete.
Mario wird dort sein, wo er meistens ist, denkt er. Mario ist auf der anderen Seite der Bucht.
Er hatte richtig vermutet. Marios Boot war bald draußen auf der gegenüberliegenden Seite der Bucht nach Arâsce hin zu erkennen. Er würde nicht lange zu suchen brauchen. Bereits von weitem winkte Paolo ein paar Mal.
Mario wird ohnehin wissen, daß er ein Anliegen hat. Warum käme er sonst zu ihm.
Kaum, daß Paolo nahe an Marios Boot heran war, drosselte er den Motor und ließ sein Boot auslaufen. Die beiden Boote lagen jetzt direkt nebeneinander. Das Wasser war immer noch glatt. Beide standen sie sich mühelos aufrecht, nur wenige Meter von einander entfernt, gegenüber. Mit kurzen Worten erklärte Paolo die Situation.
„Was willst du tun?" fragte Mario.
„Zieh du bitte dein erstes Netz und komm hinüber. Ich ziehe derweil mein zweites."
„Gut. Das geht. Ich beeile mich."
Jetzt war die Anspannung auch auf Mario übergesprungen. Sie durften nichts falsch machen. Keine Hektik. Aber doch genügend Eile, damit sich in der Zwischenzeit der Fisch nicht selbständig machte.
Paolo fuhr zu seinem zweiten Netz. Er arbeitete schnell. Wie gut, daß er Mario hatte. Jetzt brauchte er ihn. Jetzt brauchte er seinen Freund. Den Freund Mario mit dem größeren Boot. Wenn der Fisch so groß war, wie er annahm, dann war sein eigenes Boot zu klein. Dann war Marios Boot das geeignetere.
Am zweiten Netz lief alles planmäßig. Auch hier nichts, was auf einen großen Schwarm Fische hindeutete. Es konnte also nur ein ganz großer Fisch sein. Noch einmal fragte er sich, ob der

Fisch wirklich so groß sein sollte, wie er glaubte. So groß, daß er mit seinem eigenen Boot Probleme hatte, ihn einzuladen.
Was für ein Fisch sollte es sein? Eine spada? Eine riesige spada? Eine große, wertvolle spada?
„Ich möchte den ganz großen Fang", sinnierte er in Gedanken. „Ich muß ihn haben, und ich werde ihn haben. Diese Gelegenheit darf ich mir nicht entgehen lassen. Ich werde es schaffen."

„Mutter, ich bringe dir den ganz großen Fang. Du sollst stolz auf mich sein. Wie oft hast du mich gefragt, warum ich studiert habe. ‚Warum', hast du mich immer wieder gefragt, ‚bist du Fischer geworden, Paolo? Warum?' Heute bringe ich jetzt den großen Fisch, mamma. Und du kannst erhaben darauf zeigen und sagen: Den hat Paolo gefangen. Mein Junge. Mein jüngster Sohn. Der kann solch einen Fisch fangen. Der hat die Fähigkeiten dazu. Auch wenn ein anderer ihm helfen mußte. Mein Sohn Paolo kann solch einen Riesen bezwingen. Das wirst du sagen können, Mutter. Und du kannst dein Haupt hoch tragen. Ich bin aber nicht nur wegen der großen Fische Fischer geworden. Sicher wollte ich auch hiermit Erfolg. Du kennst mich doch, Mutter. Ich wollte Erfolg. Aber nicht nur. Nein, nicht nur! Mir insbesondere auch ein *bißchen* Freiheit erhalten.
Diese Freiheit bedeutet mir viel. Unendlich viel. Ich bin hier glücklich. Ich bin glücklich, ein Fischer mit ein bißchen Freiheit zu sein. Und wenn du mich *liebst*, Mutter, dann wird *mein* Glücklichsein für dich das Wichtigste sein. Das *einzig* Wichtige von dir zu mir. Dann wirst du mich verstehen. Dann wirst auch du zufrieden sein. Und ich bringe dir heute diesen Fisch. Den Beweis, daß ich es kann. Daß ich ein guter und erfolgreicher Fischer bin."
Paolo zog an seinem Netz, so schnell er konnte. Ab und zu warf er einen Blick in die Richtung des ersten Netzes. Hoffentlich bleibt alles weiterhin ruhig.

„Was bringt mir im Leben das Hasten nach mehr im Geschäft? Was bringt mir eine leitende Stellung? Mutter, was bringt sie? Wo wäre das bißchen Freiheit als Unternehmer gewesen? *Nirgends*! Sicher wäre ich ein angesehener Mann. Wäre bei allen großen Veranstaltungen der Gegend dabei. Würde den anderen angeblich Großen die Hände schütteln. Und sie würden meine Hände schütteln. Oh ja, das würden sie tun. Das ist Paolo, würden die Frauen anerkennend und bewundernd flüstern. Paolo, der erfolgreiche Fotodirektor. Der große padrone. Aber was bringt das, Mutter? Wo ist es denn bei alledem das *bißchen Freiheit*? Was bringt mir da das eigene Unternehmen, das letztlich nur eine einzige große Abhängigkeit, eine einzige Unfreiheit ist?

Sicher ist auch das Fischen nicht einfach! Und ganz gewiß bin ich auch bereit, mich zu quälen! Aber diese Qual ist ein Teil meiner Freude! Der Freude am Fischen. Es gibt keine wirkliche Freude ohne Qual! Und ich, ich *freue* mich immer wieder und immer wieder, hinausfahren zu können.

Zugegeben bin ich auch hier ein wenig abhängig. Von den Fischen. Von den Umständen des Wassers. Vom Wetter. Aber alles das ist nur ein wenig. Ein ganz klein wenig Abhängigkeit, gemessen an dem, was das sonstige industrielle Leben bereithält. Das hier kann ich richten. So richten, das es für mich reicht. So richten, daß es mir *Spaß* macht. Jeden Tag aufs neue Spaß. Und so, daß mir mein bißchen Freiheit bleibt. Aber schau, jetzt habe ich den *großen* Fisch im Netz.

Ich werde ihn verkaufen, sobald ihn die anderen Fischer gesehen haben. Er wird viele hunderttausend Lire bringen. Davon werde ich dir etwas bringen, Mutter. Ich werde dir einen Wunsch erfüllen. Mamma, du warst immer für mich da. Selbstlos. Hast nie an dich gedacht. Immer nur an die Familie. An alle. Auch an mich. Jetzt sollst du dir etwas wünschen. Ich werde es erfüllen. Ich werde es dir vom Geld des Fisches beschaffen.

Und mit Delly fahre ich in Urlaub. Hörst du, Mutter? Mit Delly fahre ich in Urlaub. Das bin ich ihr schuldig. Sie hat mir meine Freiheit stets gelassen. Sie hat mir nie hineingeredet in meine Entscheidungen. Auch als es schwer für sie wurde. Als ich mich entschied, nicht mehr Boß zu sein, sondern Fischer. Als sie nicht mehr die in der Gesellschaft hochgeachtete Frau eines Unternehmers war. Sie hat sich immer zurückgehalten und meine Entscheidungen akzeptiert. Dafür danke ich ihr. Ich danke ihr von ganzem Herzen.
Sie hat mein erstes occhio di Santa Lucia erhalten. Das erste, das mir ins Netz ging. Hat es von einem Juwelier bearbeiten lassen und trägt es für mich. Für den Fischer, und nicht für den großen Boß.
Mutter, ich fahre mit Delly in Urlaub. Fernab auf eine wunderschöne Insel. Und was, glaubst du, Mutter, werde *ich* dort tun? Dort auf der fernen Insel?
Fischen! Natürlich! Fischen werde ich. Was wohl anders. Es ist meine *Passion*. Es ist mein *Leben*. Aber jetzt komm erst heraus, du spada, oder was immer du bist. Vielleicht bist du ja auch ein tonno, ein großer Thunfisch."

Paolo arbeitete weiterhin mit schnellen Armzügen. Der Schweiß setzte sich ihm auf die Stirn. Er wischte ihn nicht ab. Konzentrierte sich ganz auf das Netz.
Jetzt nur nicht in einen stachligen Fisch greifen und sich eine giftige Verletzung zuziehen. Nicht in einen scorfano und nicht in einen noch giftigeren, in eine trojina. Eine Verletzung wäre jetzt sehr hinderlich. Ich werde beide Hände brauchen. Ich muß im Vollbesitz meiner Kräfte bleiben, bis du im Boot liegst.
Die anderen Fischer sollen es alle sehen, daß es auch für uns noch etwas gibt. Sie sollen es wissen. Sie sollen wissen, daß es noch geht. Das es immer wieder kleine Wunder gibt. Niemand darf die Zuversicht verlieren. *Niemand*!!
Er arbeitete so schnell, daß seine Kehle trocken wurde.

„Bleib nur ruhig, Fisch. Ganz ruhig. Ich werde bald wieder zu dir kommen. Und zerstöre mir mein Netz bitte nicht allzusehr. Gegen ein paar zerrissene Maschen habe ich nichts einzuwenden. Das machen andere Fische auch. Nur übertreibe dein Umdichschlagen nicht allzusehr. Also halte dein Schwert ziemlich ruhig, falls du eine spada bist.
Wenn das Jacques Cousteau sehen könnte. Wenn er mich und meinen Fisch sehen könnte. Schau nur aus der Ferne zu, lieber Jacques. Schau hier herüber an unsere Küste. Auf mein Boot. Und auf mich. Ich werde einen großen Coup landen. Und auch sonst, mein geliebter Freund. Ich habe genau wie du die Passion zum Beruf gemacht. I do, what I like. And I like, what I do! Du und ich, lieber Jacques, wir tun beide, was uns gefällt. *Nur* das! Und wir lieben es, so zu leben. Du hast es zwar zum größten Teil schon hinter dir. Aber ich kann es noch voll auskosten.
Es ist doch wohl ein Fisch? Die Natur wird mir doch keinen Streich gespielt haben und mir einen Felsbrocken ins Netz gelegt haben. Nur das nicht. Kein böser Streich.
Und auch keinen Trick der listigen biscia, die oft genug für Unmut sorgt. Bleib du an deiner Quelle, du biscia fùrba. Du bist für den Croeju zuständig. Dein Reich ist die Quelle da oben in den Bergen und der Bachlauf. Aber hier im Meer hast du nichts zu suchen. Auch wenn dein manchmal verhextes Wasser hier hineinläuft."
Seine Hände griffen zu und flogen regelrecht. Links, rechts – links, rechts. Wie damals bei dem Oratefang, dachte er. Da hatten Nino und ich auch so geracker t. Er spürte die Anstrengung im ganzen Körper. Aber er gönnte sich kein Ausruhen.
Das zweite Netz war im Boot. Und er hatte sich auch noch die Zeit genommen, es so zu ordnen, wie er es immer tat. Damit war es später nicht notwendig, das komplette Netz wieder zu richten. Jetzt, da er nicht in der Nähe seines ersten Netzes war, kehrte ein Gedanke immer wieder in seinen Kopf: „Es wird doch wohl kein Steinbrocken sein. Ich werde doch hoffentlich keinen Aufwand um ein Felsstück machen. Was werden die anderen

Fischer lachen, wenn ich ihnen vom großen Fisch erzähle, und es war nur ein Steinbrocken. Die anderen, das wäre noch nicht so schlimm. Doch halte bitte nicht mich, zum Narren. Mich, Paolo."
Er schaute sich um. Da kam bereits Mario. Er war schon ganz nah heran. Aufrecht stand er in seinem Boot. Die rechte Hand zum Steuern an dem beweglichen Außenbordmotor. Er stand aufrecht und hatte seinen Blick geradewegs auf Paolo gerichtet, als wartete er auf dessen Reaktion.
Ein kurzer Wink von Paolo, und Mario setzte sein Boot neben das seine. Paolo zeigte ins Wasser. Er brauchte nichts zu sagen. Mario hatte sofort begriffen, was zu tun war. Zu lang hatte er bereits gefischt, um nicht zu wissen, wie man in einer solchen Situation reagierte.
Sie stellten sich beide so, daß sie gemeinsam am Netz ziehen konnten. Der Widerstand war groß.
„Ohh, wie schwer. Ohh, wie schwer! Wir müssen vorsichtig sein, damit das Netz hält", mahnte Mario.
Paolo nickte.
„Ja, vorsichtig. Aber mit Kraft."
Nach und nach zogen sie das Netz. Holten Meter für Meter ein. Ein paar kleine saraghi steckten in den Maschen. Sie schenkten ihnen kaum Beachtung.
„*Da*!! Da ist er!"
Mario zeigte wie gebannt nach vorn in die Richtung, wo das Netz lag. Ein dunkler Schatten.
Sie zogen weiter und spürten, wie das Netz unruhig wurde. In diesem Augenblick kam der Fisch kurz hoch. Nur für Sekunden. Für einen kleinen Augenblick.
„Eine *manta*! "
Sie riefen es gleichzeitig. Sie hatten sie beide gesehen. Ihren dunklen Rücken und das Weiß darunter. Zwar nur einen kurzen Augenblick. Wie ein dunkler Schemen mit heller Umrandung. Aber das genügte, um den Fisch zu erkennen.

Nach einigen Minuten hatten sie gemeinsam das Netz so weit gezogen, daß die manta gut sichtbar unmittelbar vor ihnen lag. Je klarer sich ihre Umrisse abzeichneten, um so grandioser der Anblick.
„Traumhaft", dachte Paolo, „einfach traumhaft!"
„Hast du je solch einen Riesenrochen gesehen, Mario?"
„Nein, Paolo. Nicht hier. Und nicht anderswo. Es ist fast unglaublich."
Sie wußten, daß immer wieder mal ein Fischer hier oder da an der Küste eine manta gefangen hatte. Jedoch in dieser riesigen Größe hatten beide das wirklich in ihrem Fischerleben noch niemals mitbekommen.
Sie hielten inne. Starrten mit offenem Munde. Keiner von ihnen war in den nächsten Sekunden in der Lage, sich zu regen. Doch schnell kam wieder Bewegung in sie. Nur ja den Fisch nicht verlieren. Nur nicht im letzten Augenblick leer ausgehen. Für das, was jetzt kommt, muß jeder Handgriff sitzen. Wie auf Kommando packten beide gleichzeitig zu.
Das soll ein Glückstag werden. Dieser Samstagmorgen, auf den die Sonne mittlerweile ihren Glanz in verschwenderischer Form ergoß. Das wird reichen für viele Male hinausfahren. Das wird für manches entschädigen. Der große Fisch wird viele herbe Entbehrungen vergessen machen. Viele ergebnislose Fahrten.
Sie verständigten sich immer wieder mit kurzen Worten. Jeder verstand den anderen. Sie wußten, was zu tun war. Sie waren aufeinander eingespielt.
Doch schon bald mußten sie erkennen, daß sie vor eine neue Situation gestellt wurden. Eine auf den ersten Blick kaum zu bewältigende Situation. Eine Erkenntnis, die ihre Mienen von einem Augenblick auf den anderen nachdenklich, wenn nicht gar ratlos werden ließ: Der Fisch war zu groß. Zu riesig für ihre Boote. Für Paolos Boot allemal. Aber wahrscheinlich auch für das größere Boot von Mario.
Hätten wir jetzt eines der großen Boote aus Andora zur Verfügung, schoß es Paolo durch den Kopf. Nur für dieses eine Mal.

Doch in der nächsten Sekunde verscheuchte er wieder diesen Gedanken. Was sollten diese Überlegungen, die nichts bringen? Sie hatten nun mal kein Andora-Boot. Sie besaßen nur ihre kleinen.
Breit ausladend streckte die manta ihre Schwingen, als wollte sie durch ihre Größe schrecken. Als wollte sie sagen: Ihr habt mich zwar im Netz, aber noch lange nicht an Land. Ich bin noch nicht am Ende. Ich habe noch Reserven. Ich kann noch kämpfen.

Paolos Miene war nachdenklich.
„Es gibt wahrscheinlich nur eine Lösung. Selbst die ist noch fraglich. Und vor allem riskant. Aber eine zweite bleibt wohl kaum. Wir müssen die manta an dein Boot anbinden. Wir müssen es zumindest versuchen. Nicht wahr?"
Mario nickte.
„Mit dem Netz?"
„Mit dem Netz, Mario."
So ließen sie den gigantischen Fisch im Netz und zogen ihn, soweit es ging, über Marios Boot. Die Nylonfäden schnitten in die Finger. Doch niemand dachte in diesem Augenblick an so etwas. Sie zogen und hievten. Griffen immer wieder nach. Der Fisch kam höher. Er schien größer und größer zu werden.
Plötzlich ein Abrutschen des Fisches.
„*Festhalten*!" Paolo schrie es heraus.
Sie packten schnell nach und zogen ihn wieder höher. Der Fisch blieb ruhig. Er hatte seine Chance offenbar nicht erkannt.
Mario blies die Luft laut aus seinen Lungen. Das war noch einmal gutgegangen.
Weiter ging es bald nicht mehr. Es paßte nur ein Teil einer Schwinge der manta über das Boot. Die ganze übrige gewaltige Masse des Körpers hing heraus. Das meiste im Wasser.
Hoffentlich reißt nicht das Netz, ging beiden durch den Kopf. Es ist gewagt, ihn so hängen zu lassen. Aber es bleibt keine andere Wahl.

Sie banden den Fisch so gut es ging an der einen Schwinge, dem einen Flügel, über dem Boot fest. Eingeschnürt hing er wie ein fliegender Drache. Den Rest des Netzes kappte Paolo mit seinem Messer.

Mit Genugtuung stellten sie fest, daß das Wasser immer noch ohne nennenswerten Wellengang dalag. Das erleichterte das ohnehin schwierige Fahren mit dem Fisch. Langsam, ganz langsam wird das Boot in den nächsten Minuten dahingleiten müssen.

Paolo und Mario verständigten sich weiter. Sie legten fest, daß Paolo den Rest des Netzes übernimmt. Danach würde er auf die andere Seite der Bucht fahren und Marios zweites Netz ziehen. Mario sollte den Fisch an Land bringen.

Der riesige Rochen drückte jetzt schwer auf das Boot. Es neigte sich tief zur Seite. Mario mußte jede Sekunde auf der Hut sein. Er ließ den Fisch nicht aus den Augen. Er mußte jede Veränderung in der Verankerung des Fisches sofort erkennen. Vorsichtig warf Mario den Heckmotor an.

Jede unnötige Bewegung vermeiden, die das Schiff ins Schlingern bringt. Ein Ruck des Bootes könnte die manta zu einem Gegenruck bewegen. Könnte auch das Boot instabil werden lassen.

Langsam, ganz behutsam, als hätte er ein empfindliches Wesen in den Händen, drehte er den Motor höher und begann zu fahren. Die wertvolle Fracht seitlich vor sich. Ein maschenumschlungenes Riesenbündel. Mario war sich darüber im Klaren, daß ein harter Schlag des riesigen Teufelsrochens das Netz im selben Augenblick zum Zerreißen bringen würde.

Auf der anderen Seite der Bucht arbeitete Paolo mühsam am schweren zweiten Netz von Mario. Die Maße des Netzes waren nicht auf sein Boot abgestimmt. Er konnte nicht wie gewohnt gleichmäßig ziehen. Nicht so, wie dies bei seinem eigenen Netz der Fall war. Es blieb ihm nichts anderes übrig, als sich bei jedem Griff nach vorne zu bücken. Das Netz Mal für Mal über

der Breitseite anzuheben, um es dann zu sich hereinziehen zu können.
Es ist doch alles wegen der manta, sagte er sich. Da darf dir die schwere Arbeit nichts ausmachen.
So zog und hob er weiter und arbeitete sich langsam vor. Den keuchenden Atem, der nur ab und zu durch einen lauten Ton aus seiner Kehle unterbrochen wurde, nahm er selbst nicht wahr. Aber er spürte andere Schmerzen.
„Das geht in den Rücken. Verdammt, das geht in den Rücken. Aber du hast es dir selbst eingebrockt. Denk nicht soviel an den Rücken und arbeite.
Hoffentlich bringt Mario den Fisch heil an Land. Ich hätte die manta töten können. Dann hätte Mario keinen Ausreißversuch des Rochens zu befürchten. Ich hätte es tun können. Ich hätte den Kampf gegen den Fisch beenden können. Ein gezielter Stich mit dem Messer, und er wäre reglos dagelegen. Aber ich habe es nicht getan. Ich wollte nicht. Noch nicht. Ich habe da so einen Gedanken. Fast eine Befürchtung.
Aber jetzt habe ich ihn. Diesen gewaltigen Fisch. Fest an Marios Boot. Nur sich selbst kann er noch befreien. Sonst gehört er mir. Ich habe allerdings so eine Befürchtung. Noch ist er nicht verkauft.
Verdammt, was tut der Rücken weh! Unten in der Lende. Es sticht, wie mit einem Messer hineingestochen. Aber ich bin bald fertig. Und Mario wird bald an Land sein und dann warten. Er wird den Fisch nicht ausladen. Das ist meine Sache. Es ist mein Fisch!“
Paolo zog die letzten Meter Netz ein. Richtete sich auf. Streckte sich nach hinten. Biß auf die Zähne und hielt sich dabei die Lende fest. Verdammt, tut das weh!
„Manta, du machst es mir nicht leicht. Aber darauf hast du ja ein Recht. Du bist es dir sogar schuldig.“
Langsam setzte er sich auf den Sitz am Heck des Bootes. Selbst beim Sitzen verzerrte er das Gesicht vor Schmerz. Er atmete tief durch. Und auch das tat ihm weh.

Vielleicht habe ich eine unglückliche Bewegung mit dem schweren Netz gemacht, dachte er und rieb sich die schmerzende Stelle.
Dann stand er nochmals kurz auf. Hatte Mühe, dabei auf die Beine zu kommen. Mit der linken Hand hielt er sich am Bootsrand fest und warf den Heckmotor an.
Beim Stehen schmerzt es am meisten, stellte er fest und setzte sich wieder hin. Kräftig drehte er den Gasgriff durch, um schneller an Land zu kommen.
Wenn ich jetzt viel rudern müßte, wäre das die Hölle, sagte er sich. Früher mußten alle rudern. Es wurde nur gerudert. Ob jemand Schmerzen hatte oder nicht. Es mußte zugelangt werden.

In der Nähe des Ufers sah er bereits Mario. Und er sah den Fisch. Um das Boot herum hatten sich viele Leute geschart. Fischer und Touristen.
Etwa zwanzig Meter vom Ufer entfernt stellte Paolo den Motor ab. Drehte das Boot mit den Rudern und kam, im Heck sitzend, mit dem Heck nach vorne langsam heran. Seinen Körper legte er mehr in die Riemen als in die Arme. Das entlastete die Muskulatur am Ende des Rückens. In Gedanken war er bereits bei seinem Fisch. Das ließ ihn die Schmerzen ein wenig verdrängen.
Vorne im Wasser reichte ihm Mario schnell das Tau. Viele Hände waren bereit. Reichten die Hölzer und zogen sein Boot. Er brauchte kaum selbst zuzupacken. Jeder wollte Paolo bei dem Fisch sehen.
Eine ganze Weile hockte er vor Marios Boot. Schaute auf das riesige Bündel, das in dem Netz verstrickt dahing. Aus seiner Miene war nichts zu lesen. Doch die Gedanken jagten sich.
„Jetzt gehörst du definitiv mir. Wie lange habe ich auf so einen großen Fisch gewartet. Wie lange habe ich auf dich gehofft. Du bist zu mir und zu niemand anderem gekommen. Dafür danke ich dir, Fisch!“

Er hatte keinen Blick für irgend jemand um ihn herum. Erst als er aufstand und begann, das Netz zu lösen, sah er die zupackenden helfenden Hände. Es dauerte nur wenige Augenblicke, und die manta lag frei im Sand. Die Schwingen weit ausgebreitet. Fast schwarz ihre Oberfläche. Darunter helles Weiß.
„Was für ein Fisch!" dachte er. „Er ist noch größer, als du geglaubt hast."
Er ging ein paarmal um ihn herum. Musterte die manta von allen Seiten. Sah, wie sie atmete. Dann schritt er ungefähr ihre Größe ab. Fünf Schritte in der Breite. Drei und einen halben Schritt lang. Er musterte ihr volles Fleisch.
„Was für ein Fisch", dachte er immer wieder. „Noch nie habe ich solch einen Rochen gesehen." – Dann hatte er das Bedürfnis, sich hinzusetzen.

Erst jetzt schaute er sich kurz um und nahm hinter sich einen Schwarm von Touristen wahr. Und dann im einzelnen die anderen Fischer. Sie nickten anerkennend.
„Ein unmöglich schöner Fisch", sagte einer von ihnen. Es war der schon pensionierte Lino. Der alte Pirat.
Paolo quittierte es mit einem genugtuenden Nicken.
Es ist tatsächlich ein unmöglich schöner Fisch. Ein unmöglich schöner und ein unmöglich großer, dachte er. Er wird sehr viel Geld bringen.
„Er hat sich unterwegs doch noch sehr gewehrt. Das halbe Netz ist total kaputt."
Mario, der sich die ganze Zeit in seiner Nähe aufgehalten hatte, zeigte auf das Nylonbündel hinten neben seinem Boot.
„Das kriegen wir schon wieder hin, Mario. Und wenn es viele Wochen dauert."
Paolo blickte noch nicht einmal zu dem zerstörten Netz hin. Er konnte seine Augen nicht von der manta lassen.

Erst als er angesprochen wurde, wurde ihm wieder klar, wieviele Leute um ihn und die manta herumstanden.

„Wieviel wollen Sie haben, um die manta freizulassen?"
Einer von zwei Männern, die nahe bei ihm standen, hatte die Frage gestellt.
Paolo glaubte nicht recht zu hören.
„Würden 300.000 oder 400.000 Lire reichen, damit Sie die manta freilassen?"
Das Blut schoß Paolo in den Kopf. Er hatte recht gehört. Dieser Mann wollte, daß er die manta freiließe. Verstand das wohl als großzügige Geste.
Er blickte dem Mann einen Augenblick ins Gesicht. Der stand da und schaute ihn fordernd an. Doch dann hatte Paolo seine Augen schon wieder abgewandt.
Glaubte dieser Mann, er, Paolo, finge die manta nur zu seinem eigenen Spaß? Was weiß der vom Leben eines Fischers. Glaubte der wohl, er sei nicht auf jeden Fisch angewiesen. Besonders auf einen so großen wie diesen hier.
Hatte er mit dem Fisch gekämpft, um solch eine Frage zu hören? Ihn in fairem Kampf besiegt. Hatte er etwa nicht das Recht, Zufriedenheit und Genugtuung dafür zu empfinden?
Hatte er nicht bewiesen, daß es, wenn auch nur wenige, so aber doch noch große Fische für sie, die Fischer, gibt? Glaubte dieser Mann jetzt, er könnte mit ihm, mit dem Fischer Paolo, spielen? Ihm ein Lösegeld vor die Füße werfen. Glaubte der das?
Und was weiß dieser Mann, der sich wohl für einen großen Herrn hält, von dem Verhältnis eines Fischers zu den Fischen. Von dem Respekt, den er diesem Tier entgegenbringt? Respekt und Hochachtung.
Wollte dieser Mann ihn bis ins Tiefste seines Herzens verletzen? Sich selbst als Gönner vor allen Leuten am Strand aufspielen. Und das auf Kosten der Gefühle eines Fischers? Sich selbst als Heros in den Gesichtern der Leute sonnen und ihn, Paolo, dabei diffamieren? Wenn er das wollte, *das* war ihm reichlich gelungen.
Es überkam Paolo ein Schamgefühl, das größer war als sein ganzes vorheriges Glücksgefühl. Zutiefst getroffen und peinlichst

berührt saß er da und fühlte sich vor allen Anwesenden gedemütigt. Wie angeklagt und herabgesetzt. Eine Beschimpfung hätte nicht schlimmer sein können. Er schluckte einige Mal, weil sein Hals trocken wurde, und hatte keine Antwort für den fremden Mann, obwohl er dachte: So sieht das also aus. Am Strand, bei einem Fischer und vor allen Leuten spielen sie die Helden, und am Abend in den ristoranti können die Fische nicht exotisch genug für sie sein. Er dachte es, aber er antwortete nichts.

So saß er einige Minuten. Dann suchten seine Augen Mario.
„Ich muß mit Oneglia telefonieren. Mit dem Großmarkt. Sofort."
Mario nickte.
„Bleib du bitte solange bei dem Fisch."
Wieder nickte Mario.
Zum erstenmal ließen Paolos Augen vom dem gigantischen Wesen los.
„Ich beeile mich."
Es hatte ihn abermals eine Befürchtung befallen, wie er sie hatte, als er Marios Netz einholte. Nur eine vermutende Besorgnis. Er mußte jetzt Gewißheit haben. Er mußte sicher sein, daß sich nicht von irgendwoher ein Hindernis in den Weg legte. Diesen Fang mußte der Großmarkt regeln. Die riesige manta konnte er nicht selbst verkaufen. Nicht hier am Strand. Der Fisch war etliche Zentner schwer. So viele Käufer gab dieser Strand nie und niemals her. Er hatte ja oft schon Mühe, seine paar dorade, saraghi oder cefali zu verkaufen. Die cooperativa am Ort war auch zu klein. Das mußte der Großmarkt regeln. Er mußte sofort mit Oneglia telefonieren.

Als er den Telefonhörer in der Bar Al Molo abnahm, sah er, wie seine Hand zitterte. Und da war die Befürchtung, die in ihm steckte. Die er schon auf dem Wasser hatte, als er hereinkam.

Der Großmarkt muß es regeln. Der muß deinen Fisch übernehmen. Wer sonst, wenn nicht er? Er darf dich jetzt nicht im Stich lassen.
„Pronto. Pronto."
Nach drei Minuten legte er den Hörer wieder auf. Er war ganz ruhig. Er war so ruhig, wie er war, wenn er an der Mole stand und das Meer beobachtete.
Der Wirt, der hinter der Theke beiseite gegangen war, während Paolo telefonierte, kam heran.
„Ist alles in Ordnung?"
Langgedehnt und aus fast ausdruckslosem Gesicht kam die Antwort von Paolo: „Es ist kein Markt mehr für diesen Fisch. Nicht für die manta."
„Wie ist das möglich?!"
„Die Saison ist zu Ende. Die meisten Leute fahren morgen nach Hause. Es ist kein Markt mehr für diesen Fisch."

Paolo hörte seine Stimme wie die eines Fremden. Als spräche ein anderer neben ihm. Er hatte im Augenblick keinerlei Gefühle für das, was eben zwischen ihm und Oneglia abgelaufen war. Höchstens einige sinnliche Wahrnehmungen, tief innerlich versteckt. Und doch war er froh, daß der Wirt ihn angesprochen hatte und er die Nachricht weitergeben konnte.
Er drehte sich um und stakste hinaus. Das Telefongespräch würde er später bezahlen.
„Kein Markt mehr", murmelte er vor sich hin.
Mario war der erste, der merkte, daß etwas nicht gut gelaufen war. Er sah Paolo herankommen. Außer Mario bemerkte sicher niemand einen Unterschied zu Paolos sonstigem Verhalten. Sein Gang war für seinen Freund nicht der übliche. Nicht diese gewohnt leichtfüßige, etwas ausholende Schrittbewegung. Auch wenn er Schmerzen in der Lende hatte. Der Gang war selbst dafür eigenartig staksig. So kam er näher. Die Pupillen seiner Augen in weite Ferne gerichtet.
„Was ist?"

Zum zweitenmal wurde Paolo befragt.
„Kein Markt mehr für die manta."
Mario faßte hastig ans Boot. Er lehnte sich daran, mußte sich festhalten.
„Kein Markt?"
„Ja. Kein Markt."
„Ohh, la la!" Mario war von einer Sekunde zur anderen bleich geworden. "Ohh, la la!"
Paolo setzte sich auf einen Stuhl neben Mario, der sich noch immer am Boot festhielt. Nun bemerkte auch Paolo seine eigene Schwäche, die ihn im Grunde schon während des Telefonierens erfaßt hatte. Er fühlte sich kraftlos und müde und sank ein wenig in sich zusammen. Aber auch das bemerkte niemand außer Mario.

Die Touristen bestaunten weiterhin den Fisch. Es war wie ein Summen um ihn herum. Ein Geplärre, das verschiedentlich von entzückten Ausrufern unterbrochen wurde. Sie wußten noch nicht, was Paolo eben erfahren hatte. Für sie war es die große Attraktion ihres Urlaubs. Sie würden zu Hause davon erzählen. Einer hatte eine Filmkamera in der Hand und versuchte, eine Lücke zwischen den Leuten hindurch für seine Aufnahmen zu finden.
„Schau", sagte eine deutsche Frau laut belehrend zu ihrer kleinen Tochter, „das ist eine Riesenflunder."
Sie glaubte, eine Schulweisheit von sich gegeben zu haben und sagte es bewußt so laut, daß auch die Umstehenden ihr angebliches Wissen mitbekommen sollten.
Paolo, der es gehört und verstanden hatte, verzog keine Miene. Er hatte sich eine Zigarette angezündet. Zog den Rauch tief in sich hinein, um ihn dann kräftig auszublasen. Doch nur ein paar Mal. Nach wenigen Sekunden drückte er, völlig entgegen seiner sonstigen Gewohnheit, die Zigarette aus.
Die übrigen Fischer standen in einer Gruppe zusammen und diskutierten. Mario lehnte immer noch am Boot.

„Was wirst du tun, Paolo?“
„Erst einmal abwarten.“
„Gut.“
Paolo spürte die ganze Schwere seiner Glieder. Er hatte sich abgeplagt. Nun sollte das umsonst gewesen sein. Jetzt spürte er auch wieder das Stechen im Rücken und faßte sich dorthin.
Mario sah sein verzerrtes Gesicht.
„Was hast du dort?“
„Ich habe eine Zerrung. Oder sonst etwas ähnliches. Vielleicht eine falsche, abrupte Bewegung.“
Er drehte den Körper etwas in sich und versuchte damit anzudeuten, wie es passiert sein könnte.
Die Schmerzen und das Bleierne seiner Glieder setzten ihm jetzt zu. Aber es war auch eine Schwere, die aus ihm kam. Eine innere Bedrückung. Eine lähmende Last, die sich auf ihn, seinen Körper und seinen Geist gelegt hatte. Die Sonne brannte inzwischen. Doch sie konnte ihn nicht erwärmen.
Dann schaute er sich einige Mal um.
„Wo ist Hans?“ fragte er Mario.
„Ich weiß es nicht.“
„Wieso ist er nicht hier?“
„Ich weiß es nicht.“
Mit dem Kinn zeigte er auf den Fisch.
„Wir warten noch eine Weile. Vielleicht kommt doch noch ein Anruf aus Oneglia.“
„Ja. Warte noch etwas.“
„Vielleicht kommt ja auch noch Hans.“
„Ja. Vielleicht.“
„Er soll ein Foto machen. Für uns beide. Und für sich.“
Mario nickte stumm.
Paolo schaute zum Fisch.
„Was bist du für ein prächtiger Kerl. Warum hast du so gelitten, wenn in Oneglia kein Markt für dich ist? Warum habe ich dich überhaupt gefangen? Du könntest jetzt deine Kreise ziehen. Dich voller Lebenslust auf deinen Schwingen durchs Wasser

tragen lassen. Allein oder in Gesellschaft. Armer Kerl. Kein Markt für dich, und auch nichts zu sehen von Hans. Als wollte Hans nichts von dir wissen."

Dann blickte er hoch zum Himmel und fixierte die Sonne.
„Es ist sicher gleich neun Uhr."
„Ja. Da fehlt nicht mehr viel."
„Wenn bald kein Anruf kommt, werden wir versuchen, die manta wieder ins Wasser zu bringen. Dann darf sie nicht sterben."
„Nein. Dann darf sie nicht sterben." Mario bekräftigte es.
Einige Minuten verbrachten beide schweigend.
„Ich glaube, Hans kommt heute morgen nicht."
Mario zuckte mit den Achseln. Und Paolo deutete zur manta hin.
„Wir können nicht mehr lange warten, sonst überlebt sie es nicht."
Er war aufgestanden. Unterdrückte die Schmerzen, konnte aber nicht verhindern, daß die letzten Worte gedehnt herauskamen. Er stand und schaute sich noch einmal um, indem er lediglich den Oberkörper verdrehte. Hans ist nirgendwo zu sehen.
„Wir versuchen, den Fisch ins Wasser zu bringen."
Diese Worte waren wie ein Signal. Sofort kam Regung in Mario. Er winkte und rief die anderen Fischer herbei.
Paolo hatte sich neben die manta gestellt.
„Wir müssen sie im seichten Wasser erst wieder eingewöhnen. Ganz langsam eingewöhnen."
Hoffentlich schafft sie es noch, dachte er für sich.
Behutsam faßten sie den zentnerschweren Fisch und trugen ihn vorne ins Wasser. Wie leblos ließ er es über sich ergehen.
„Wir müssen die Schwingen bewegen", gab Paolo Anweisung. Sie hoben und senkten den Fisch und bespritzen ihn dabei mit Wasser, damit er reagieren sollte.
„Er braucht Zeit. Wir müssen uns gedulden und dürfen nicht nachlassen."

Er darf nicht sterben, dachte Paolo. Das wäre ein Hohn. Das wäre eine Ohrfeige. Die manta darf nicht sterben. Nicht, weil der fremde Mann es so wollte, sondern weil er, der Fischer Paolo, es so will. Er ist doch nicht der Feind dieser Kreatur. Was hat dieser Fremde für eine Ahnung? Keine! Der weiß wirklich nicht im Entferntesten, welche Hochachtung er dem Fisch entgegenbringt. Dieser Mann mit den anscheinend vielen Lire weiß es bestimmt nicht. Sonst hätte er sich nicht so verhalten.
„Macht weiter."
Die manta zuckte – erst ein Mal. Dann noch einmal.
„Das ist gut", sagte Paolo. „Weiter so. Mit Gefühl."
Fünfzehn Minuten hatten sie nun schon im seichten Wasser verbracht. Und immer noch bewegten sie die Schwingen. Da schlug die manta einmal kurz mit ihren Flügeln.
„Ja!" rief Paolo nur knapp.
In diesem Augenblick war es, als wären alle Lebensgeister mit einem Schlag in den Fisch zurückgekehrt. Ein gewaltiges Schlagen. Hochspringende Wasserspritzer. Ein Rauschen über die Wellen hinweg. Die manta schoß davon.
„Schau, wie sie übers Wasser geht", schrie Mario. „Welch herrliches Bild. Jei, jei, jei!" Und sein Gesicht strahlte, als hätte sich alle Glückseligkeit dieses Augenblicks darin vereint.
Weithin war die manta noch zu sehen. Dann tauchte sie ab. Eine Weile schauten die Fischer noch hin. Doch kein Zeichen mehr von ihr. Langsam kamen sie vorn aus dem Wasser. Paolo ging hinüber zu Marios Boot. Er nahm das zerknäulte und zerfetzte Netz, in dem die manta gehangen hatte, an sich. Nur noch die großen Risse quer durch das Nylon deuteten auf das hin, was geschehen war.

* * *

Am späten Vormittag des gleichen Tages näherte ich mich am Sarazenenturm vorbei dem Anlegeplatz der Fischer. Unbeküm-

mert schlenderte ich langsam dahin. Die Sonne brannte inzwischen unbarmherzig.
Nur wenige Meter entfernt mühte sich ein Arbeiter der comune damit ab, die Betonabdeckplatten, die den Croeju auf seinen letzten Metern ins Meer am Strand weitgehend zudecken, zu numerieren. Die Numerierung schien notwendig, da die Betonplatten unregelmäßig groß waren und nur in der richtigen Reihenfolge in ihre Auflage paßten. Ein Vorgesetzter bei der comune hatte es angeordnet, damit die Arbeiter nicht bei jedem Aufheben der Platten ein Puzzlespiel beim Wiederzudecken vollbringen mußten. Groß und in leuchtender Betonfarbe malte der Arbeiter seine fortlaufenden Zahlen. 1-2-3- ... Dabei wischte er sich immer wieder den Schweiß von der Stirn und schaute einige Mal vorwurfsvoll und blinzelnd nach oben. Warum mußte es ausgerechnet heute so warm sein, oder warum in aller Welt mußte er diese Arbeit ausgerechnet bei dieser Hitze verrichten? Müßte der Vorgesetzte, der die Arbeit angeordnet hat, doch nur dabeistehen, dann würde er mit Sicherheit abbrechen und ein anderes Mal weitermachen lassen.
So mühte er sich weiter ab und versuchte die Zahlen einigermaßen gleichmäßig groß und gut lesbar hinzumalen. 10-11-12- ... Doch plötzlich hielt er inne. Nachdem anfangs alles einwandfrei zu laufen schien, war ihm ein Fehler unterlaufen. Nach der Platte mit der Nummer 15 war klar und deutlich auf der folgenden Platte eine 17 zu erkennen. Ratlos stand er einen Augenblick da, die Hände in die Hüften gestützt. Austauschen konnte er die Platte mit der Nummer 17 nicht. Sie paßte nur an diese Stelle. Und aus einer 7 konnte er nicht gut eine lesbare 6 zaubern. Zu unterschiedlich waren die Zahlen.
Er schaute vorwurfsvoll zur Sonne. Das hatte sein Vorgesetzter nun davon, ihn hier in der Hitze des späten Vormittags arbeiten zu lassen. Schuld war also nicht er, der kleine Gemeindearbeiter. Nein, Schuld trugen der Vorgesetzte und die Sonne. Das sollte dem Vorgesetzten zu denken geben. Vielleicht wäre

das überhaupt ein Fall, den man in der nächsten Besprechung des sindacato auf die Tagesordnung setzen könnte.
Dieser Gedanke gefiel dem Arbeiter recht gut, und er hatte auch gleich eine Lösung seines Problems bereit. Auch die nächste Platte erhielt die Nummer 17. So konnte er korrekt bis zur letzten Platte, der Nummer 32, weiterfahren.
Die Sache hatte nur einen Haken. Es gab nun zwei Platten mit der Nummer 17. Und auch hierfür hatte der Arbeiter einen guten Einfall. Er malte auf der ersten 17er Platte, die ja offiziell die Platte 16 war, eine 6 hinter die 17. Er mußte selbst schallend lachen, als dort groß eine 176 zu lesen war. Egal. Die Platte würde sich jetzt von der Platte 17 unterscheiden lassen, und sein Vorgesetzter könnte zufrieden sein.
Gerade wollte er den großen Pinsel und die Farbe forttragen, da packte ihn ein neuer Gedanke. Er schaute ins Wasser des Croeju. Dann den fussau aufwärts, bis dorthin, wo er die Quelle wähnte. Sein Gesicht bekam einen solch staunenden Ausdruck, daß er den Mund weit aufriß.
Natürlich! Das war die Hauptschuldige! Die Schlange an der funtorna du luvu hatte das Wasser des Baches verhext und damit auch seine Sinne! Er ballte die Faust nach oben in den Berghang hinein und verzog drohend das Gesicht.
„Tuuu, biscia! Tuuu! – Tu biscia fürba! Tuuu."
Wenn aber nun die Schlange schuld war, dann konnte es nicht sein Vorgesetzter sein. Dann hatte er diesem unrecht getan. Das mußte er eingestehen. Aber die Sache mit der Gewerkschaft, dem sindacato, und dem Arbeiten in der Sonne könnte er trotzdem weiterverfolgen. So etwas könnte allemal nicht schaden.

Wenn ich auch nicht alle Gedanken des Arbeiters erraten hatte, so konnte ich mich eines Schmunzelns doch nicht erwehren, bis ich beim Weitergehen Paolo bei seinem Boot sah. Obwohl die Kunde von dem großen Fang mit absoluter Sicherheit bereits die Runde durch den ganzen Ort gemacht hatte, wußte ich es zu dieser Stunde noch nicht. Ich besaß noch nicht einmal den leisesten Hauch einer Ahnung, was geschehen war. Es war mir später unerklärlich, wieso ich von niemandem davon erfahren hatte. Nicht im Hotel. Nicht auf der Straße. Nicht am Strand und nicht in den Geschäften, wo ich überall meinen Hotelschlüssel suchte. Niemand hatte auch nur eine Andeutung gemacht.

Paolo zeigte auf den freien Stuhl neben sich, und ich setzte mich.

„Salve, Paolo?"

Ein leichtes Nicken kam zurück.

Ich hatte ihm doch für diesen Morgen einen besonders guten Fang gewünscht. Ich wollte, daß er mit einem Boot voller Fische zurückkehrt, und hatte ihm das am Vorabend nicht nur gesagt, sondern es inbrünstig gewünscht. Aber nun saß er da und flickte kleine Löcher in seinem Netz. Kein einziger Fisch in der Holzkiste zum Verkauf. Keine Spur von den vielen Fischen, die ich für ihn so herbeigesehnt hatte.

„Wie war der Fang?"

Er zuckte mit den Achseln.

Da gab es wohl nicht viel zu bereden. Wahrscheinlich das Übliche. Kaum der Rede wert.

Eine Weile saßen wir schweigsam da.

Dann erzählte ich Paolo meine Beobachtungen mit dem Gemeindearbeiter. Paolo jedoch verzog keine Miene. Hatte auch nichts dazu zu sagen.

So saßen wir wieder eine Weile schweigend. Ich dachte daran, daß mein Aufenthalt sich allmählich dem Ende näherte, ich Paolo und Mario verlassen würde und ihnen nur die Hoffnung auf bessere Fangergebnisse blieb. Ich hatte am Vortag bereits geplant, mich noch einmal mit beiden kurz zusammenzusetzen.

„Paolo, ich hatte dich und Mario für heute zu einem Espresso eingeladen. Zum Vorabschied, quasi, ehe wir uns übermorgen zum letzten Mal bei meinem jetzigen Aufenthalt sehen. Du hast es doch sicher nicht vergessen?"

„Nein."
„Wann wäre es dir recht?"
„Das können wir gleich tun. Dort ist Mario. Ich glaube, er wartet bereits."
„Das trifft sich hervorragend. Andiamo."
Paolo legte das Netz beiseite, winkte Mario, und wir setzten uns in die Bar Al Molo. Und zwar in den Innenraum an einen Ecktisch, um ungestört plaudern zu können.
„Es ist ein besonders schöner Tag", sagte ich, während wir den Espresso schlürften.
„Wie man es nimmt", meinte Mario.
„Nicht so gut?" fragte ich.
„Paolo hat einen großen Fisch gefangen."
„Wie bitte?"
„Paolo hat eine sehr, sehr große manta gefangen."
„Was hat Paolo?"
„Du hast richtig gehört. Eine manta. So groß, daß sie in keines unserer Boote paßte. "
„Und das sagst du einfach so?"
„Nun ja."
„Und ihr springt nicht vor Freude an die Decke?"
Ich schaute von einem zum anderen. Nur ein leichtes Grinsen.
„Das ist doch *die* Überraschung!"
„Vielleicht ja?" Mario nickte.
„Was heißt vielleicht ja? Das ist *die* Sensation. Paolo, Mario! Das ist doch *die* große Sensation!"
Ich konnte bei beiden wieder nur dieses leicht verlegene Grinsen feststellen. Ein alles offenlassendes Grinsen.
„Wo ist die manta jetzt? In Oneglia? Am Großmarkt?"
„Im Meer." Mario zeigte zum Fenster hinaus.
„Wo?"
„Wo sie eigentlich hingehört. Im Meer."
„Ihr seid verruckt."

„Es war kein Markt für die manta." Paolo hatte die Antwort übernommen. Erst jetzt wurde mir seine Ernsthaftigkeit an diesem Morgen gewahr.
„Es war kein Markt?"
„Die Saison ist zu Ende."
Jetzt begriff ich mit einem Schlag die Tragik der Situation. Der Wunsch der Fischer hatte sich erfüllt. Mein Wunsch hatte sich erfüllt. Und doch war alles verloren. Wehmut erfaßte mich. Wehmut, wie ich sie bei den Fischern gesehen hatte, wenn sie an die letzten großen Fänge und die triste Situation im Meer dachten. Ich war gleichermaßen bestürzt. Kein Gedanke mehr an die amüsante Geschichte mit dem Gemeindearbeiter und dessen Numerieren der Betonplatten. Und auch kein Hochgefühl mehr wegen des großen Manta-Fanges.
Paolo hob bedauernd die Arme. So ist das halt, sollte das heißen. So ist halt die Fischerei.
„Was hast du finanziell verloren, Paolo?"
„Sprechen wir nicht davon."
„Nein?"
„Nein."
„Nun gut. Sprechen wir nicht davon."
Wir redeten nur noch allgemein über den großen Fisch. Wie er im Netz zu sehen war. Wie er aussah. Und wie er im Meer verschwand.

* * *

Nur wer sich schon einmal kräftig über sich selbst geärgert hat, kann verstehen, was am Abend danach in mir vorging. Ich war nicht dabei gewesen. War nicht an seiner Seite, als Paolo den großen Fang landete. Ich haderte mit mir. Mit meinem Mißgeschick. Ich beschimpfte den Nachtschlüssel des Hotels. Dieses kleine verflixte Ding, das mich daran gehindert hatte, in dem Augenblick am Strand zu sein, als Paolo voller Stolz zurück-

kehrte. Ihm zumindest durch meine Anwesenheit die notwendige Hochachtung entgegenzubringen, die er sich verdient hatte.
Ich beschimpfte auch mich selbst. Diese simple Nachlässigkeit konnte ich mir einfach nicht verzeihen.
Ich mußte hinaus aus der Enge des Hotels und nahm zur vorgeschrittenen Abendzeit den Weg über die Uferpromenade zur naheliegenden Stadt. Doch auch der frische Wind am Wasser brachte mich nicht auf andere Gedanken. Der Schlüssel, Paolo, die manta.
In den Straßen der Altstadt von Arâsce herrschte reger Betrieb. Ich erinnerte mich an einige Geschäftsleute, die ich gut kannte. Mit ihnen könnte ich ein wenig plaudern. Nur weg von der Tristesse. Doch die ersten drei Läden, die ich aufsuchen wollte, hatten geschlossen. Meine Laune wurde nicht besser. – Der Schlüssel, Paolo, die manta.
Dumpf klang aus einer Seitenstraße zum Meer hin Musik aus einem Restaurant. *Bella Italia* ... Nicht gerade meine Musik. Doch für heute Abend war mir jede Abwechslung willkommen.
Beim Eintritt durch eine kleine Tür in das Lokal mit einem halben Mond am Eingang schlug mir eine ausgelassene und laute Stimmung entgegen. Mich konnte nichts mehr stören. Vielleicht war diese Musik ja für heute abend genau das Richtige. Auf der Welle der wallenden Euphorie der Gäste aus meiner Mißstimmung herausgerissen und fortgetragen zu werden. Zwei Tische, nicht weit von den Musikern entfernt, waren frei. Ich steuerte einen davon an und winkte einem Kellner, um mich setzen zu können. Als dieser jedoch mitbekommen hatte, daß ich allein war, bedeutete er mir unmißverständlich, im hinteren schmalen Nebenteil des Raumes Platz zu nehmen. Seine Geste duldete keinen Widerspruch.
Ich erkannte sofort, daß in diesem Teil der osteria der Kontakt zur Musik und den stimmungsvollen Menschen nicht gegeben war. Dabei sollte gerade das die richtige Medizin für mich sein. Trotz dieser Einschränkung wollte ich der Situation das Beste

abgewinnen. Bestellte roten Wein und versuchte, mich auf die schräg herüberklingenden Musikfetzen, soweit sie den Weg bis zu mir fanden, zu konzentrieren. Doch bald konnte ich alledem nichts mehr abgewinnen. Bemerkte mehr und mehr, wie schnulzenhafte Lieder, drittklassig hingeworfen, von einer krächzenden Menschenmenge nachgegrölt wurden. Jetzt, da meine Kritikfähigkeit wieder intakt war, fiel mir auch auf, daß der Wein von miserabler Qualität zu sein schien. Und ich nahm mehr als deutlich wahr, wie die nahe Küche bei offen stehender Tür und die noch näheren Toilettenanlagen ihre üblen Gerüche zu mir herüberschickten.
Die Entscheidung über einen schnellen Aufbruch zurück ins Hotel war leicht und schnell umgesetzt. Unterwegs schien mir der Lokalbesuch wenigstens etwas Gutes zu haben. Ich konnte meinen Ärger von mir auf die osteria mit dem halben Mond lenken. Wenn auch nur eine kleine, dann doch eine spürbare Erleichterung, die mir eine ruhigere Nacht im Haus von Mariella versprach. – Von dem Schlüssel, von Paolo und der manta.

* * *

Erst am nächsten Tag konnten Paolo, Mario und ich uns ungezwungen über den Fang unterhalten. Beide gingen mit mir in die Bar Anna, am Anfang des Ortes, nach Andora hin. Sie zeigten mir an der Wand eine sehr alte Fotoaufnahme einer Gruppe Menschen, die eine manta gefangen hatten und sie gemeinsam mit ihren Angehörigen strahlend vorzeigten.
„Paolos manta war *wesentlich* größer“, stellte Mario fest.
„War“, sagte Paolo nur.
Was mochte beim Anblick des Bildes in ihm vorgehen? Die Gruppe dort vor unseren Augen konnte ihren Fang voller Stolz präsentieren. Paolo aber wird noch eine Weile Trauer im Herzen tragen. Vielleicht ab und zu auch ein wenig Stolz, weil er es

geschafft hat, den riesigen Fisch zu bezwingen. Zumindest werden er und seine manta noch lange in aller Munde sein.

„Und sie hatte ausgeprägtere Farben." Mario schwärmte immer noch von dem Fisch.

„Hatte", war die einzige sachliche und ruhige Reaktion auch diesmal von Paolo.

Er hatte den Kampf zwar bestanden. Vieles bewiesen. Allen gegenüber. Die manta gewonnen. Und doch verloren. Wenn letzteres auch auf eine zufriedenstellende Art.

Der Erfolg hatte für einige Zeit sichtbar da am Strand gelegen. Lang und breit. Doch der absolute Erfolg sollte es nicht sein. Das Glück ließ sich nicht bis zum Ende zwingen.

„Vielleicht sollte es so sein." Paolo wirkte nachdenklich. „Bestimmt sollte es so sein." Er nickte bestätigend mit dem Kopf. „Nichts auf der Welt ist hundertprozentig. Nichts. Absolut nichts. – Das gilt für alles und für jeden", fügte er nach einer Atempause hinzu.

Und ich wußte, er hatte spätestens in diesem Augenblick erkannt, daß auch sein Glück nicht vollkommen war.

Nichts auf der Welt ist hundertprozentig. Nichts. Absolut nichts. – Das gilt für alles und für jeden.

* * *

Am vorletzten Tag verabschiedete ich mich. Ich hatte nur eine Kleinigkeit für die beiden, die unsere Freundschaft untermauern sollte. Auch meine Erwähnung, daß ich meinen verloren gegangenen Hotelschlüssel wiedergefunden hatte, konnte die gedämpfte Stimmung kaum auflockern. Es war zwar ein inniger, aber trauriger Abschied. Ich sagte mit Wehmut Adieu.

Doch am nächsten Morgen, dem Tag meiner Abreise, zog es mich morgens in aller Frühe noch einmal unwiderstehlich zur Anlegestelle. Meine Schritte waren schneller als gewöhnlich. Ich

wollte auf alle Fälle dort sein, ehe Paolo mit seinen Netzen ankam.
Ich kam rechtzeitig. Hinter der Mole war noch kein Boot angekommen. Außer einem alten Fischer war ich allein. Der alte Fischer hatte bereits Paolos Tau in der Hand. Auf eine bittende Geste meiner Hand gab er es mir. Ich stellte mich ans Wasser und wartete auf Paolo. Diesmal stand ich wie zu einer Salzsäule erstarrt. Wartete auf den Mann, der mir in diesen Tagen viel gegeben hatte.
Von weitem hatte er mich bereits gesehen. Näher heran, vorn in den Wellen, ließ er das Boot sich selbst überlassen tanzen und kam auf mich zugestürmt. Er überließ sein Boot, sein wertvollstes Arbeitsgut, sich selbst, um mich zu begrüßen.
„Ich habe gewußt, daß du so ohne weiteres nicht abreisen würdest."
Seine Augen funkelten vor Freude.
„Und ich wollte dich ganz bewußt noch einmal aus dem Wasser ziehen", entgegnete ich ihm.
So ließ ich ihn zurück. Ihn, Mario, Lino und die anderen Fischer mit ihren kleinen Booten. Und mit ihrem Traum. Vielleicht muß es ja so sein. Vielleicht muß es etwas geben, etwas ganz Großes, etwas Besonderes, wovon man träumen kann und an dessen Vorstellung man sich immer wieder aufrichtet. Auch wenn es nicht unbedingt etwas Vollkommenes ist.
Nichts auf der Welt ist hundertprozentig. Nichts. Absolut nichts. – Das gilt für alles und für jeden.

* * *

Im Flugzeug auf dem Weg nach Hause waren meine Gedanken noch immer an der Küste. Mit halb geschlossenen Augen glaubte ich das Rauschen des Wassers zu hören. Es war mir, als stünde ich noch mitten unter den Booten und wäre in das bunte Treiben an der Anlegestelle eingebunden.

„Entschuldigen Sie, bitte. Darf ich das herunterklappen?"
Erst halb verschwommen, dann deutlich vor mir, sah ich in die klaren Augen einer lächelnden hellhaarigen jungen Dame. In ihre Bäckchen hatten sich durch das Lächeln zwei kleine Grübchen eingegraben. Ungläubig starrte ich sie an, während sie zur Tischplatte griff.
„Susan?"
Wie aus einer Wunderwelt schien Susan aufgetaucht. Von einer Sekunde zur anderen. Zu mir geschickt, um alles zu bestätigen und um das Rad meiner erlebten Geschichte zurückzudrehen.
Paolo, ich kann dich verstehen. Sie ist wirklich wunderschön, dachte ich. Und ihre hellen Haare haben den Glanz von Seide.
Die junge Dame schüttelte den Kopf.
„Ich heiße nicht Susan. Tut mir leid. Aber Sie bekommen gleich Ihr Essen."
„Dann aber doch sicher *Fisch?*"
Sie schüttelte wiederum leicht ihren seidenhaarbedeckten Kopf, lächelte und verschwand fast so schnell, wie sie erschienen war. Ließ mich mit meinen Gedanken und Erinnerungen allein.
Gedanken und Erinnerungen, die mich noch einige Zeit verfolgen werden. Ja, ich werde oft an ihn denken, an Paolo. An die manta. An sein Boot „Vega" und an alle und alles um ihn herum. Ich werde ihn vor mir sehen, wenn jemand etwas von Fischen oder vom Meer erzählt. Und mit Sicherheit auch, wenn ich von irgendwo her das glockenhelle Kichern eines jungen englischen Mädchens höre.

Und jeder Hotelschlüssel, den ich künftig in der Hand halte, wird mich daran erinnern, was ich an dem Morgen voller Gegensätze versäumt habe.

* * *

Geld ist wichtig, weil du es brauchst, um leben zu können. Aber es ist noch lange nicht das Wichtigste im Leben.
Jeder Tag in der Fischerei ist etwas Neues. Du weißt am Morgen nie, was aus dem Wasser kommt.
Wenn du eine Entscheidung zu treffen hast, mußt du allein sein.
Es waren die Umstände und die Passion.
Mir auch ein bißchen Freiheit erhalten.
Ich bin hier glücklich. Wenn du mich liebst, Mutter, wirst du das verstehen.
I do, what I like. And I like, what I do!

Denn wie sagt Mario: Ich bin jetzt fisherman und das ist gut so.

Und Lino: Laß uns nicht mehr von den alten Tagen erzählen.

Oder doch?

* * *

Italienisch-deutsches Glossar

ago	Nadel, nähschiffchenartig, mit Nylonfaden überspult
anice siciliano	scharfes Anisgetränk, über 80 % alc.
antipasto	Vorspeise
Arâsce (ligurisch)	Alassio
bagnino	Bademeister
battuta	Netz mit kleinen und großen Maschen
biscia fürba (ligurisch)	listige Schlange, die angeblich an der Wolfsquelle, der funtorna du luvu, haust und bei manchem Ungemach ihre Hände im Spiel haben soll
budello, ligurisch: biellu	längere Fußgänger-Einkaufsstraße
calamari	Tintenfische
cameriera	Zimmermädchen
carabiniere	in etwa: Gendarm
cefalo	Meeräsche
Centa	Fluß bei Albenga
che spettacolo!	welch großartiger Anblick!
ciambella	Rettungsring
colle Micheri	Hügelzug am Capo Mele
comune	Gemeinde
cooperativa	Genossenschaft
cosi é la vita	so ist das Leben
Croeju (ligurisch)	Bach am Capo Mele
dilettanti	Amateure, Anfänger, Stümper
dorada	Goldmakrele
fango	klebrige Erde im Meer
focaccia	Fladenbrot
funtorna du luvu (lig.)	Wolfsquelle

fussau (ligurisch), ital: fossato	Bach- oder Flußlauf
Genova	Genua
gramigna	langstengeliges falsches Meergras, trocken – sehr schnell gummiartig
grazie	danke
grissini	dünnes, langstieliges Knusperbrot
limoncello	Zitronenlikör
manta	Riesenrochen
mercato	Markt
mezzo marinaio	halber Seemann, Stange mit Haken
mormora	Marmorbrasse
nostromo	Bootsmann
occhiata	Fischart
occhio di Santa Lucia	sehr seltener Verschluß der corniola- Muschel mit Perlansatz
Oneglia	Teil von Imperia
orata	Goldbrasse
osteria	Schenke
padrone	Eigentümer, Herr und Gebieter, Arbeitgeber
pagaro	Fisch, rosafarbige Brassenart
polpo	Krakenart – Oktopus
professionisti	Professionelle, Hauptberufler, „Profis“
Riviera dei Fiori	Blumen-Riviera
Riviera di Ponente	West-Riviera
sarago	Brassenart
scopa	italienisches Kartenspiel für vier Personen, das in der Regel sehr temperamentvoll gespielt wird
scorfano	Skorpionfisch, giftiger Stachel
sepia	Tintenfischart
spada	Riesenschwertfisch
tonno	Thunfisch

trojina (ligurisch), ital.: tracina, auch: pesce ragno	Spinnenfisch, giftige Stachel
vicolo, in Kurzform auch vico; ligurisch: caruggiu	wehrhaft ausgebaute, alte, enge Gasse
volpe di mare	Seefuchs